제국의
반역자

2

샤이르 지음

차례

홍일점 황녀

나는 꿈을 꾸고 있었다. 꿈인 것을 자각하고 있었기에 내 맘대로 꿈을 조종하는 것도 가능했지만, 이번엔 그러지는 않았다. 장소는 레타카 황궁 아리엔느의 침실, 밤인데도 방이 어두운 걸로 보아 불을 일부러 켜진 않은 듯하다. 나는 양손으로 아리엔느의 어깨를 붙잡은 채로 계속해서 진지하게 말을 하고 있는데, 상황이 이해가 안 돼서 그런지 무슨 말인지도 모르겠고, 그냥 나도 얌전히 듣고 있었다(?). 내가 말을 다 끝내고 난 후 슬슬 이곳을 떠나려고 등을 돌리는데, 이때 아리엔느의 말이 들렸다.

"가지 말아주세요, 페네시스 오라버니!"

내 발걸음이 순간 멈칫거렸다. 그 말을 듣고 고개를 다시 그녀에게 향하기 위해 몸을 돌리려는 순간 백허그를 당해버렸다. 솔직히 말해 너무나도 기분 좋았다. 다음 과정이 어떻게 진행될지 매우 궁금해서 좀 더 꿈속에 남고 싶었다.

"에잇, 젠장! 내가 백허그 따위에 잠에서 깨어나다니!"

… 백허그에 너무 기분이 좋아 잠에서 깨어나 버린 나는 호숫가를 바라보며 크게 한탄했다. 내 옆에는 아리엔느가 아직도 풀밭에 누워 곤히 잠들어 있었다. 난 아리엔느 옆에 다시 눕고는 팔베개를 해주며 방금 꾼 꿈에 대해 생각하였다. 내 머릿속에서 이런 꿈을 만들어 내다니, "나는 멀리 떠날 거야."라는 말은 아직도 기억난다. 내가 수도 레타카를 떠나는 꿈이라니… 참으로 특이한 꿈이다.

아직도 저녁이 되려면 시간이 더 필요한 듯하다. 햇빛이 아직도 쨍쨍하다. 아까부터 바깥에 누워 있었는데도 불구하고 덥다는 말밖에 안 나올 정도로 더웠고, 내 목에 땀이 계속해서 줄줄 흘렀다. 아리엔느의 목에도 마찬가지로 땀이 나고 있길래 난 손수건을 꺼내 아리엔느의 땀부터 닦아주었다.
'이런 날씨에 별장에 갇혀 있으면 초주검인데 다들 뭐 하고 있으려나…' 이런 생각을 하고 있는데, 문득 저쪽 숲길로부터 이쪽으로 걸어오는 세이지 스승님의 모습이 보였고, 그의 손에는 무언가를 밀봉한 포장지를 들고 있었다. 세릴에라도 다녀오셨나? 난 스승님에게 물어보기로 했다.

"세이지 스승님, 그건…?"
"아아, 이거 말인가? 조미료다. 저녁에 다시 카레를 먹어야 하는데 조미료가 첨가되지 않아선 곤란하지."
"혹시 모르니 저녁에 아리엔느가 요리할 때 옆에서 계속 지켜봐 주세요. 또 다른 실수를 범할지도 모르니."
"나도 맛있는 요리를 먹기 위해 그렇게 할 예정이었다. 그나저나 페네시스, 괜찮은 거냐?"
"… 뭐가요?"
"카르자야 말이다. 아까 검술 대결에서 진 이후부터 혼자 자기 방 침대에 누워있는데 굉장히 침울해 보이더군. 거실로 나오라고 해도 자긴 괜찮다곤 하는데… 아무래도 첫 패배가 자신의 멘탈에 영향을 끼치는 것 같다.”

“그렇다고 검술 대결 상대인 제가 위로할 수도 없는 노릇이고… 아리엔느가 필요한 시점이군요.”

“하하하, 소년 소녀들의 마음이란 참으로 알 수 없군. 어쨌든, 부탁한다.”

“네, 맡겨주세요.”

카르자야 형은 자신의 검술에 대해 자존심이 굉장히 센 편이다. 그러나 중요한 순간에 나한테 졌으니 멘탈이 깨질 만도 하지… 하지만 아리엔느가 위로를 해준다면 언제 그랬냐는 듯 다시 괜찮아질 게 분명하다. 이제 슬슬 아리엔느를 깨워볼까….

“아리엔느, 아리엔느!”

난 팔베개하던 팔을 흔들거리며 아리엔느를 깨우려 들었다.

“어머!”

까, 깜짝이야…. 아리엔느가 크게 어머 소리를 내더니 순식간에 상체를 일으켰다. 그러곤 눈을 크게 뜨고 내 쪽을 쳐다보더니 금방이라도 울음을 터뜨릴 것 같은 얼굴이 되어 있었다.

“아리엔느, 무슨 일이야… 내가 갑자기 깨워서 깜짝 놀랐어?”

내 말에 아리엔느가 손으로 자기 눈물을 닦고는 그 이유에 관해 설명했다.

"아, 아뇨… 꿈속에서 오라버니가 저를 두고 떠나려고 하셔서… 다행이에요. 이게 꿈이어서…."
"… 뭐라고?"

이게… 뭐지…? 내 꿈과 똑같은데…? 아니, 꿈이 공유가 되는 게 가능한 얘기인가? 어쨌든 지금은 좀 더 정보를 얻는 게 좋을 것 같다. 난 아리엔느의 꿈에 대해 계속해서 물었다.

"그러니까… 밤에 오라버니가 갑자기 제 방에 찾아오셨어요. 전 기분 좋았죠. 이번엔 오라버니와 어떤 얘기를 나눌까 하는 즐거운 생각만 하고 있었는데… 어둠 속에서 바라본 오라버니의 표정이 좋지가 않았어요. 제 어깨에 양손을 올리시고는 매우 진지한 말투로 말씀하셨는데… 기억나는 내용만 말씀드릴게요."

나는 멀리 떠날 것이다, 앞으로 널 못 볼지도 모르겠다, 하지만 난 널 영원히 기억할 것이다, 이 세 문장이었다. 그러고 보니 그 내용이 내 꿈에도 있었던 것 같다. 난 아리엔느를 등 뒤에 두고 방을 나가려 하던 찰나, 아리엔느가 갑작스럽게 백허그를 하는 그 순간 꿈에서 깨어났는데, 아리엔느가 얘기하는 걸 들어보니 그 이후 내용도 어느 정도 있었던 것으로 확인되었다. 헤어지기 싫은 나머지 자기도 같이 데려가 달라는 얘기를 했다는 것이다. 하지만 내가 그 손을 뿌리치고 방을 빠져 나갔다고 한다. 너무 슬퍼서 침대에 엎드려 울고 있는 그때, 내가 잠에서 깨웠다는 것이다.

"아리엔느, 실은… 나도 같은 꿈을 꿨어."

"어머, 정말요!?"

"응, 아무래도 이 꿈… 보통 꿈이 아닌 것 같아. 기억해두어야 할 것 같아."

"이 꿈이 미래를 예지한 게 아니길 바라요. 오라버니…"

"후후, 내가 널 두고 떠날 리 없잖아? 너무 걱정하지 마."

나는 걱정스러워하는 표정을 짓고 있는 아리엔느의 머리를 쓰다듬으며 잘 달래주었더니, 언제 침울했었냐는 듯 또다시 기분이 좋아진 모습이다. 그나저나, 이 꿈을 어떻게 받아들여야 하지…? 진짜로 미래를 예지한 거라면, 매우 불쾌한 걸… 내가 아리엔느를 두고 떠날 만한 사연이 생길지는 정말 미지수이지만, 그런 일은 결코 없었으면 좋겠다.

"카르자야 형이 나한테 지고 나서 꽤 우울한가 봐. 네가 좀 달래줄 수 있겠어?"

"에엣, 그래요? 그런데… 왜 하필 저에게 시키세요? 비스바덴 오라버니나 샤이나르 오라버니도 있는데…"

"네가 특효약이니까 그렇지!"

"… 그게 무슨 뜻이에요?"

"나중 가면 다 알게 되어 있어! 하하하!"

난 아리엔느를 반강제적으로 2층 우리 방에 밀어 넣고는 1층 거실로 내려왔다. 세이지 스승님은 부엌에서 카레 만들 재료를 마련하던 중이셨고, 비스바덴과 샤이나르는 소파에 나란히 앉은 채 파랗게 질린 얼굴을 하고 있었다. 오늘 점심에 아리엔느의 요리를 먹어봤었고, 저녁에 또 먹을 생각을 하게 되니 그럴 만도 하다.

"너희, 아리엔느의 요리가 그렇게 무섭냐?"

난 소파 반대편에 앉아 그런 모습들을 바라보며 웃어댔다.

"그럼 형은 안 무서워? 형도 먹어봤잖아."

비스바덴이 치를 떨며 내게 말했고,

"나 오늘 저녁은 패스하고 싶은데… 아리가 만들어 봐야 얼마나 잘 만들겠어, 고작 13살의 꼬마 아인데…."

샤이나르도 불만 섞인 투로 내뱉으며 아리엔느의 요리에 대해 반발했다. 샤이나르의 말이 얼마나 거슬렸는지 나도 모르게 입술을 깨물었다. 약간 화도 나길래 화난 감정을 거침없이 표현하며 말했다.

"너희가 정 그렇다면 먹지 마. 단, 그 행동들이 한 아이의 마음에 큰 상처를 줄 수 있다는 것을 잊지 마."

이에 비스바덴과 샤이나르도 깨달은 게 있었는지 고개를 숙이며 반성의 기미를 보였다. 난 목소리를 조금 낮추며 이어서 말했다.

"아무리 맛없어도, 맛있다고 해주자고. 내 생각이 이해가 안 되니?"
"… 아니, 이해 돼. 잘 알겠어."

비스바덴이 개미가 기어 다니는 목소리로 내 말을 인정하였고,

"페넨 형의 말을 들어보니까… 아무래도 먹어야 할 것 같아."

샤이나르 또한 자신의 의지를 굳히는 말을 하였다. 이때, 계단 쪽에서 소리가 들리더니 카르자야 형과 아리엔느가 천천히 걸어 내려왔다. 난 카르자야 형을 예의주시했는데, 무표정이긴 하지만 마음은 풀린 것 같아 보이는 그런 얼굴이었다. 무슨 말이 오갔는지 궁금하긴 했지만, 그것에 대해서는 나중에 아리엔느에게 물어보기로 했다.

아리엔느는 슬슬 저녁 식사 준비를 하러 부엌으로 갔고, 카르자야 형은 내 소파 자리 옆에 앉았다. 난 웃는 얼굴을 한 채로 카르자야 형과 팔짱을 끼며 말했다.

"카르자야 형, 아깐 기분 우울했다며? 인제 그만 마음 풀어."
"페넨… 내가 왜 우울했는지는 잘 알고 있지?"
"그야 알지~ 내가 카르자야 형을 얼마나 잘 아는데~"
"다음엔 안 질 거다. 그리고 아리는 내 것이다."
"… 또 그 소리야? 이제 포기할 때도 됐는데…."

카르자야 형이 일편단심 아리엔느를 추구하는 이유는 나도 잘 안다. 하지만 카르자야 형… 가능과 불가능을 혼동하지는 말라구. 아리엔느의 마음은 이미 내가 지배하고 있으니까 말이지.

/

요리가 거의 다 되어가는 것 같아 나를 포함한 황태자 형제들은 미리 부엌 식탁 의자에 자리 잡았다. 난 아리엔느가 요리를 하는 모습을 흐뭇하게 지켜보고 있었는데, 이는 카르자야 형도 마찬가지다. 아리엔느가 당근이나 감자를 깍둑썰기하는 모습, 카레 가루를 푸는 모습들은 무척이나 사랑스러웠다. 전엔 하필이면 조미료를 다 넣는 바람에 점심때 먹었던 카레는 굉장히 지독한 맛이었지만, 지금은 세이지 스승님이 계속해서 감시하고 있으니 아까와 같은 맛은 나지 않을 것이다. 즉, 평타는 칠 거란 소리다. 마침내, 식탁에 카레 냄비가 올려졌다. 굉장히 맛있어 보이는 냄새가 난다. 이것이 조미료의 힘인가? 아리엔느가 내 옆자리에 앉으며 모두에게 말했다.

"이번엔 백작님이 지켜보는 가운데 만든 거라 맛이 이상하거나 하지는 않을 거예요. 맛있게 드셔주세요!"

세이지 스승님은 이번에도 외로이 거실 소파로 이동해 천천히 드시고 있었다. 식탁 의자에 앉아있는 비스바덴과 샤이나르의 숟가락이 머뭇거리는 게 느껴진다. 그들도 나와 같이 주변을 두리번거리며 카레밥을 먹은 사람의 반응을 보려고 하였다. 이런 우리와는 반대로, 카르자야 형은 주변을 신경 쓰지 않고 카레밥에 숟가락을 얹더니 그대로 한입 먹었다.

"아까와는 차원이 다른 맛이다. 너희도 먹어봐."

카르자야 형의 말에 비스바덴과 샤이나르도 안심이 됐는지 카레에 밥을 비비기 시작했다.

"페네시스 오라버니도 얼른 드셔 보세요."

나는 옆에 있던 아리엔느가 얼른 먹으라는 재촉에 넘어가 카레밥을 한번 먹었다. 이건… 평범한 식당에서 먹을 수 있을 법한 맛을 가진 카레다. 솔직히 말하자면 세이지 스승님이 만들어주신 것이나, 황궁 요리사들이 해주는 카레가 훨씬 맛있지만, 그래도 내가 사랑하는 아리엔느가 우릴 배불리 먹이기 위해 만들어준 정성이 담긴 카레가 아닌가.

나는 요리 실력이 이 정도 수준까지 발전한 아리엔느가 대견스러웠다. 나는 아리엔느한테서 점수를 따기 위해 3분 안에 카레밥을 먹어치웠다. 내가 가장 빨리 먹었을 거라 생각했지만, 카르자야 형이 이미 그릇을 다 비우고는 손으로 입을 가리며 작은 트림을 하고 있었다. 나는 또 죽을 놈의 2등인 것이다. 비스바덴과 샤이나르도 우릴 뒤따라 남은 카레밥들을 자신들의 입에 집어넣었다.

"오라버니들, 이번엔 어때요!?"

이럴 수가, 아리엔느는 우리의 반응을 지켜보느라 단 한 숟가락도 자기 입에 대지 않았던 것이다. 나는 그러한 부분을 지적하기로 했다.

"아리엔느, 우선 밥부터 먹어. 우린 거실에서 너의 요리에 대해 얘기 좀 하고 있을게."
"네, 알겠어요."

우리 황태자 4인방은 거실 소파에 각자 앉았다. 세이지 스승님도 마침 다 먹은 모양인지 숟가락을 소파 앞 탁자에 올려놓고는 스스로 팔짱을 끼고 눈을 감으며 생각에 잠긴 가운데, 우리는 열띤 토론을 펼쳤다. 아리엔느의 음식이 맛있었느냐, 맛없었느냐부터가 시작이다. 난 혹시라도 또 다른 문제를 일으킬지도 모르는 샤이나르에게 공격적인 어투로 말했다.

"샤이나르, 너 솔직히 말해 봐. 아리엔느가 해준 음식 별로 맛없지?"

"뭐, 그렇지… 아리가 해주는 거 먹을 바에 스승님이 해주는 음식이나, 식당에서 먹는 게 훨씬 나아."

"나중에 아리엔느한테 그렇게 대놓고 까칠하게 얘기하면 너… 나한테 죽는다?"

"아, 알았다구 페넨 형… 그렇게 무서운 표정 짓지 마. 심한 말은 하지 않을게."

"비스바덴은 어떤 생각이야?"

"먹어봤는데 맛있다는 느낌은 안 들었어. 그저 평범한 카레였다고 해야 하나?"

"카르자야 형은?"

"최고의 요리였다. 그 생각밖에 안 들어."

… 뭐 이리 평가가 다 제각각이야…? 요리의 맛이 사심 하나만으로 갈리는 것인가? 난 마지막으로 옆에 앉아 있는 세이지 스승님에게 물었다.

"세이지 스승님은 어떠세요? 아리엔느의 요리…"

"너야말로 어떠냐, 페네시스."

세이지 스승님이 눈을 뜨더니 도리어 나에게 묻는 게 아닌가.

"전 나름 먹을 만했는데요."

"으음… 나도 너와 같은 의견이다."

아리엔느의 요리에 대해 안 좋은 평가를 한 것은 비스바덴과 샤이나르뿐이다. 그렇다면 3:2로 맛있다는 평가가 우세, 이 정도면 아리엔느도 기뻐하지 않을까? 우리는 아리엔느가 카레밥을 다 먹고 소파에 같이 앉을 때까지 조용히 기다리기만 하였다. 이윽고 아리엔느가 소파에, 그것도 내 옆에 앉았다. 아리엔느는 자기 요리가 평가받을 거란 생각에 벌써부터 싱글벙글하였다.

"오라버니들, 백작님! 이제 평가해 주세요. 제가 만든 요리, 어땠죠? 100점 만점에 몇 점인지도 말씀해 주셔야 해요?! 우선 백작님부터!"

이에 세이지 스승님의 입이 열렸다.

"난 개인적으로 맛있게 먹었다. 점심 때에 비해 일취월장한 그 노력을 가상히 여겨 높은 점수를 주지. 89점이다."

이왕 주실 거면 90점을 주시지, 89점이 뭐야… 하여튼 생각보다 높은 점수에 아리엔느의 입꼬리가 올라갔다.

"와아, 감사합니다! 다음은 카르자야 오라버니!"

마침 아리엔느의 정면에 앉아있었던 카르자야 형이 용기를 내어 아리엔느와 시선을 마주치며 말했다. 하지만 형의 목소리는 여전히 떨린 채였다.

"넌 나에게 요리로 감동을 줬어. 난 100점 줄게."
"저, 정말요!?"

풉… 아리엔느의 환심을 사기 위해 주는 이 후한 점수를 보라. 너무나도 웃겼지만 난 어떻게든 참았다. 하지만 비스바덴은 이 상황이 꽹장히 재밌다는 듯 실실 웃고 있었다. 카르자야 형이 이러한 비스바덴을 째려보자, 드디어 분위기 파악이 된 듯 비스바덴이 금세 얌전해졌다. 하여튼 이 두 사람의 관계는 못 말린다니까… 인제 그만 친해질 때도 됐는데…. 아, 세이지 스승님과 카르자야 형이 차례대로 평가했으니까, 나이순으로 따지면 이제 내 차례인가? 난 곁에 있는 아리엔느를 바라보며 말했다.

"아리엔느가 요리해 본 게 이번이 두 번째지? 난 정말 믿어지지 않아. 아리엔느가 이런 요리도 다 할 수 있게 되다니… 맛도 괜찮았고 말이야. 난 95점 줄게!"
"후훗, 높은 점수 줘서 고마워요. 페네시스 오라버니!"

 자, 여기까진 좋은데… 다음부터는 안 좋은 평가를 할 게 뻔한 비스바덴과 샤이나르가 남아 있다. 아리엔느가 잘 버텨낼 수 있을까? 다음은 비스바덴 차례다.

"음, 이제 내 차롄가? 이건 내 생각일 뿐이니까 너무 마음에 담진 말아줘. 첫 번째로 카레의 냄새가 구미를 당기게끔 하지 않았어. 너무 조미료 향으로만 밀고 나간 게 아닌가 생각이 들어. 두 번째로는 맛이야. 조금 맵게 만들려고 고춧가루를 뿌린 모양인데, 내 입에는 맞지 않았어. 세 번째로는 음식의 생김새야. 겉으로 볼 때 전혀 맛있어 보이지 않았고, 당근이나 감자의 크기가 다 너무 제각각이라 음식을 먹는 내내 신경이 쓰였어. 이를 종합하자면, 방금 먹은 이 음식은 평범한 카레였다고 할 수 있지. 내 점수는 72점이야."
"네…."

 앞서 말한 우리의 평가에 싱글벙글했던 아리엔느의 표정이 비스바덴의 디테일한 평가에 또다시 굳어지기 시작했다. 난 혹시라도 아리엔느가 또다시 침울해지지 않을까 걱정스러워 아리엔느의 손을 잡으며 말했다(이때 카르자야 형의 눈초리가 매서워지기 시작했다).

"괜찮아, 아리엔느. 이런 평가도 있고 저런 평가도 있는 법이지. 크게 신경 쓰지 마."
"그, 그렇죠? 그런 거죠?"
"물론이지. 자, 샤이나르. 이제 너의 평가만 남았어."

샤이나르가 비스바덴처럼 장황하게 평가할 리는 없지만, 남 흉보는 데에는 선수다. 혹시라도 안 좋은 소릴 심하게 할까 봐 내가 아까 겁을 준 건데… 과연 어떨까. 샤이나르가 아리엔느를 바라보며 얘길 꺼내기 시작했다.

"아리, 난 직설적으로 좋은 건 좋다, 안 좋은 건 안 좋다고 말하는 성격인 거 알지?"
"네, 알고 있어요."
"말로 평가를 하면 네가 힘들어할까 봐 점수로만 표현할게. 내 점수는… 35점이야."
"……."

아리엔느의 표정이 다시 굳어졌다. 그녀는 내 손을 뿌리치더니 자리에서 일어나 2층으로 올라가 버렸다.

"샤이나르 너 이 자식! 점수 좀 높게 부르면 덧나냐!?"
난 샤이나르의 머리에 꿀밤 10대를 날리고는 카르자야 형에게 샤이나르 좀 더 때려달라고 부탁한 뒤 2층으로 올라갔다. 1시간 42분 39초,

내가 요리 때문에 토라진 아리엔느를 달래기 위해 투자한 시간이다.

 벌써 밤이 깊었지만, 나와 아리엔느는 별장 2층 발코니로 나와 하늘을 올려다보며 여러 잡담을 나누었다. 나는 오늘 아리엔느를 만난 것이 아주 기쁜 나머지 잠이 안 와서 그런 것이지만, 아리엔느도 대강 비슷한 이유 때문이지 않을까? 난 그렇게 믿고 싶다. 하늘을 바라보니 이미 보름달이 떠 있었고 별들이 제각기 자리를 차지하며 아름답게 빛나고 있었는데, 아리엔느가 그중 달을 가리키며 말했다.

 "오라버니, 달은 초승달로도 변하고, 반달이 되기도 하고, 어쩔 땐 보름달이 되잖아요? 어떤 원리로 모습을 자유자재로 바꿀 수가 있는 거죠?"

 "아아, 그건 말이야… 원래 달은 모습이 변화하는 게 아니라 둥근 상태 그대로래. 그 달을 밝게 비춰주는 태양이 있어서, 태양이 비춰주는 만큼만 보이는 거야."
 "우와… 달이 모습을 바꾸는 게 아니었군요?"
 "아리엔느, 너… 혹시 이것도 몰라? 우리가 사는 이 땅도 사실은 둥글다는 거."
 "네!? 정말이에요? 말도 안 돼요!"

 아리엔느는 정말로 몰랐다는 듯이 놀란 얼굴을 하며 물었고, 나는 있는 사실을 그대로 얘기했다.

 "하하, 정말 몰랐나 보구나. 이건 과학자들이 예전에 밝혀낸 사실이야."
 "이 땅이 둥근 거라면… 저 달을 예로 들어볼게요. 저 둥근 달의 아랫

지방에 사는 사람들은 어떻게 되는 거죠? 그대로 떨어져 죽나요?"

"그러게… 그건 나도 잘 모르겠다."

"그럼 스마즈오르 대륙은 윗지방에 위치하고 있겠네요?"

"사실 나도 이런 자세한 것까진 잘 몰라. 나중에 비스바덴에게 물어보자."

이런 상황이 올 줄 알았다면 나도 내 지식을 뽐내기 위해 비스바덴처럼 과학책이나 좀 읽어 볼 걸… 괜한 후회가 들었다. 과학에 관한 얘기는 내 전공이 아니니 여기까지 하기로 하자. 나는 별장에 와서 있었던 일을 아리엔느에게 설명하느라 바빴고, 아리엔느는 계속해서 내 말을 들어주고 있었다.

"비스바덴과 내가 고작 금시계 하나를 사기 위해서 세릴에서 연극을 한 적이 있었어. 이 얘기는 아직 안 했지?"

"네, 처음 듣는 얘기네요."

"처음엔 굉장히 어려울 줄 알았는데 생각보다 대본도 금방 외워지고, 연기도 잘되고 해서 연극이 무사히 끝났어."

"어머… 황태자와 황녀인 저희가 어릴 때 연극을 하면서 놀았던 게 도움이 된 걸까요? 어떻게 금방 적응하셨죠?"

"아, 생각해 보니 그렇구나! 그런 적이 있었지… 그때를 떠올리니 왠지 모르게 부끄러워지는걸? 그때 아리엔느가 가장 연기를 잘했었잖아."

"후훗… 그때 아마 샤이나르 오라버니가 제일 못했었죠? 오랜만에 오라버니들이 연기하는 거 보고 싶네요… 다시 해볼 생각은 없으세요?"

"한번 해 보니까 피곤하더라… 돈 벌기엔 제격이었지만 다시 하고 싶지는 않아."

"그런데 연극 제목이 뭐예요?"

"케딘베르크 성전이야."

"3년 전의 그 참혹한 역사를 배경으로 했군요… 전쟁이 났던 그 당시에는 정말 큰일 났구나 싶었는데…."

"오히려 그 전쟁으로 인해 올리노프 제국이 스마즈오르 대륙 중앙의 비옥한 토지를 차지하게 됐고, 상대 국가들에게서 조공을 받을 정도로 강성해졌지."

"페네시스 오라버니도 좀 더 성장하시면 전쟁에 나가실 거죠?"

"… 응?"

 내가 호숫가 쪽을 보다 말고 아리엔느를 바라봤는데, 그녀의 눈빛을 보아하니… 나중에 전쟁에 나갈 내가 너무 걱정스럽나 보다. 너무나 갑작스러운 질문이라 나는 선뜻 대답하질 못했다. 그래… 언젠간 나도 올리노프 제국이 일으키는 전쟁에 참여하게 되겠지. 그다지 먼 얘기가 아니야. 나도 벌써 16살이라고. 내가 답변했다.

 "… 언젠간 나가지 않을까? 전쟁에 참여하기 위해서 지금 이렇게 검술 수련을 받고 있지. 황태자인 내가 직접 선두로 나서서 지휘한다면 우리 병사들의 사기에도 영향을 끼칠 테고…."

"… 전 이대로 전쟁이 일어나지 않으면 좋겠어요. 서로 죽이고 죽이는 전쟁을 왜 하는 걸까요?"

"아리엔느. 이권을 차지하기 위해 전쟁은 필요해. 우리가 이렇게 평화롭게 사는 것도, 전쟁에서 승리했기 때문이야. 케딘베르크 성전에서 승리한 올리노프 제국은 지금 현재 가장 잘 사는 국가가 되었지. 너도 잘 알고 있잖아?"

"하지만…."

"아무리 전쟁이 잔혹해도, 전쟁을 무서워하는 국가가 되어선 안 돼.

무서워하는 순간 그 국가는 나락으로 떨어져 버리는 거야."

"… 잘 알겠어요, 오라버니."

… 내가 좀 심했나. 아리엔느의 표정을 보아하니 전쟁에 대한 두려움이 서려 있는 게 확 티가 났다. 13살의 어린 소녀에게 전쟁의 필연성에 대해 납득시키는 것은 좀 아닌 것 같단 생각이 드는군…. 이런, 손목시계를 보아하니 벌써 밤 12시다. 이제 슬슬 아리엔느를 재워야겠는데….

"… 으읍!"

너무나도 갑작스러운 기습 뽀뽀라 피할 겨를도 없이 당했다. 그녀의 입술은 정확히 내 입술을 향해 움직였다. 이런 달콤한 뽀뽀도 정말 오랜만에 해보는군…. 너무 순식간에 벌어진 상황인지라 난 아무 대응도 하지 못했다. 뽀뽀를 끝낸 아리엔느의 볼은 상기된 지 오래였고, 그녀는 부끄러운 얼굴을 하며 내 시선을 피하더니,

"저 먼저 자러 가볼게요, 안녕히 주무세요~"

먼저 휙 하고 발코니 자리를 벗어났다. 흐아… 내가 진짜 이런 맛에 인생을 산다니깐. 아까 세이지 스승님의 말을 들어보니 아리엔느는 2층 스승님의 방 침대에서 자기로 했다고 한다. 그럼 스승님은 어디서 주무시냐고 물어봤더니, 자긴 거실 소파도 편하다며 걱정하지 말라고 말씀하셨다. 그럼 나도 슬슬 자러 가볼까… 2층 내 방 불은 이미 꺼져 있어 어두웠지만 카르자야 형이 침대에 누워있다는 사실, 눈도 뜨고 있다는 사실은 알 수 있었다. 난 내 침대에 편하게 누웠다.

"카르자야 형, 아직 안 자고 있지?"
"그래."

내 물음에 들려오는 형의 외마디 소리, 형도 잠이 안 오나 보다. 나는 그동안 마음속으로만 생각해뒀던 감정 섞인 말을 진지하게 발산했다.

"형, 내가 진심으로 하는 말인데… 아리엔느 말고 다른 여자 찾아보면 안 돼? 아리엔느는 이미 나한테 푹 빠진 상태야… 인제 그만 가능성 없는 연애 싸움은 안 했으면 좋겠는데…."
"너, 내가 아리를 왜 좋아하게 됐는지 모르고 하는 소린 아니지?"
"그야 알지. 하지만…."
"그걸 알고 있으면 조용히 해. 더 얘기하면 나 화난다?"
"칫… 알았어."

/

2년 전에 황궁에서 이런 일이 있었다. 카르자야 형이 5층 발코니 난간에 기댄 채로 그 앞에 서 있던 나와 얘기하던 도중이었는데, 갑자기 멀쩡하던 난간이 부서지면서 카르자야 형이 뒤로 자빠지며 지상으로 추락해버렸다.

"으아아아아아아아아!"
"카르자야 형! 괜찮아!?"

나는 발코니 아래를 내려다보며 그 말만 연신 반복하였고, 이대로는 안 되겠다 싶어 황급히 발코니를 빠져나와 계단을 통해 1층으로 내려와 바깥으로 나왔다. 그때 정말 다행이었던 것은 지상으로 떨어질 때 머리부터 떨어지지 않았다는 것이고, 떨어진 위치가 풀밭이라는 점이었다. 다리부터 떨어졌기 때문에 다리만 심한 손상을 입은 채였다. 황궁 안에 있던 시녀들이 내가 난리 치는 모습을 보고 뒤따라 나왔으나 다리를 심하게 다친 카르자야 형을 어찌할 도리가 없었다.

얼른 그를 업어서 병원에 데리고 가야 하는데, 하필이면 그를 업어야 할 병사들이 그 당시에 수도 레타카에서 조금 떨어져 있는 훈련장에서 전쟁을 대비한 훈련 중이어서 아버지를 포함해 대부분 황궁을 빠져나가고 없었고, 그나마 황궁에 남아 있었던 소수의 병사는 자기들의 순찰 임무가 있었기에 함부로 자리를 비울 수도 없는 노릇이었다.

카르자야 형은 다리가 부러진 것 같이 너무나도 아프다며 계속해서 비명을 질렀고, 이걸 어쩌나 하고 다들 망설이고 있었는데, 그때였다. 때마침 아리엔느가 어머니와 함께 외출을 끝내고 황궁 안으로 들어가려던 찰나, 카르자야 형이 쓰러져 있는 것을 보고 이쪽으로 다가왔다. 어머니는 나에게 이게 어떻게 된 일이냐고 물었고, 나는 그간 있었던 일을 설명하기에 바빴다. 다리를 심하게 다친 것 같다는 말에,

"아리엔느."

어머니는 불행 중 다행이라며 안심을 하더니 아리엔느의 이름을 불렀고,

"네, 어머니."

아리엔느는 카르자야 형의 다리 앞에서 무릎을 꿇고 앉아 다리에 대고 '상처 회복' 주문을 외우기 시작했다. 한 10초 정도 흘렀을까, 카르자야 형의 고통스러워 보이는 비명이 사라졌다. 아리엔느가 이에 활짝 웃으며 말했다.

"카르자야 오라버니, 우선 지금은 임시방편으로 치료했기 때문에 고통은 안 느껴지시겠지만 스스로 다리를 움직이는 데에는 불편하실 거예요. 재활하기 위해 2주에서 1달간은 움직일 생각 안 하시는 게 좋아요."

어머니는 나와 시녀들을 시켜 카르자야 형의 팔과 다리를 하나씩 들어 카르자야 형의 침실로 이동시켜 눕게 하였고, 카르자야 형은 이후 1달간 아리엔느의 간호를 받고 살았다. 아리엔느의 이런 착한 마음씨에 감동한 카르자야 형은 그 이후부터 아리엔느를 짝사랑하게 되었다. 하긴 어쩔 수가 없는 것이, 이때 나와 카르자야 형은 사춘기였다. 그것도 천사 같은 외모를 가지고 있는 아리엔느이니, 반하는 것도 무리는 아니지.

회상을 끝내고 나니 카르자야 형은 어느새 꿈나라에 가 있었다. 나는 카르자야 형의 코 고는 소리에 못 이겨 다시 2층 발코니로 나왔는데, 별장에서 나와 숲길을 걸어가고 있는 어느 한 소년의 모습이 보였다. 누구인지 생각할 필요도 없다. 샤이나르다. 오늘도 친구랑 술 한잔하러 가는 거겠지. 하지만 난 이를 대비해 미리 방책을 마련해두지 않았는가. 후후… 과연 네가 세릴의 성문을 통과할 수 있을까?

검은 복면과 위기

··· 이상하다. 이 별장에서 세릴의 성문까지는 걸어서 30분 거리, 왕복하면 1시간인데···. 1시간이 지나도 샤이나르가 돌아올 생각을 안 한다. 세릴의 성문을 통과한 것일까? 내가 분명 세릴의 관청장에게 야간에 샤이나르를 통과시키지 말라고 누누이 얘기했건만, 그게 지켜지지 않은 것일까? 아니면 몬스터들에게 발목을 붙잡힌 것일까? 평소에 잘 하지도 않던 걱정이 들기 시작했다. 나는 발코니를 나와 1층으로 내려가 거실 소파에 드러누운 채로 자는 세이지 스승님의 몸을 흔들며 깨웠다.

"세이지 스승님, 샤이나르가 또 밤중에 세릴로 가버린 것 같아요. 찾아가서 데려올까요?"
"샤이나르가 말이냐··· 정말 골칫덩어리로군. 그냥 놔 둬라. 아침까지 돌아오지 않는다면 그때 찾으러 나가도 되겠지."

스승님은 벌써 샤이나르를 포기한 듯한 발언을 하였다. 하지만 이 발언이 무책임하다는 생각은 추호도 들지 않았다. 세이지 스승님은 이미 샤이나르가 질린 것이다. 만취해서 길을 돌아다니다가 괴한에게 인질로 붙잡혔던 샤이나르, 검술이며 마법이며 뭐 하나 잘하는 게 없는 샤이나르, 거기에 세이지 스승님께서 밤중에 세릴에 놀러 가지 말라는 말을 했음에도 불구하고 이에 거역하는 모습까지… 안 좋은 타이틀은 모두 샤이나르가 쥐고 있었다. 포기하는 게 매우 지당해 보인다. 나도 슬슬 졸리고 하니 얼른 내 방 가서 자야겠다….

/

"왜!? 왜!? 왜 날 통과시키면 안 된다는 거야!?"

어두운 밤중에 세릴 성문 앞에서 자신을 제지하는 병사들을 향해 반말을 찍찍 써대며 의문을 표하는 샤이나르와,

"저기, 그러니까… 그게… 상관의 명령이라 저희는 어쩔 수가 없습니다."

황위 계승자를 상대로 땀을 삘삘 흘리며 양해를 구하는 병사 2명이 있었다. 병사 중 하나가 이대론 안 되겠는지 위병소장을 부르러 위병소로 달려갔고, 황태자들이 이곳을 지날 때면 항상 근무를 서고 있었던 위병소장 다렌스 중사가 병사와 같이 이쪽으로 걸어 나왔다. 그는 샤이나르의 앞에 서곤 예의상 경례를 했다.

"충성!"
"충성이고 뭐고 다 필요 없어. 왜 날 통과시키지 않는 것인지 이유나 좀 말해봐!"
"제2 황위 계승자 올리노프 페네시스 님의 명령에 의해, 상관으로부

터 지시가 내려졌습니다.”

“뭐? 페넨 형이!?”

“그렇습니다. 이 명령은 절대적으로, 따르지 않을 경우 제 신변에 영향이 미칩니다. 그러니 오늘은 양해해 주시고 돌아가 주셨으면 합니다.”

“당신, 내가 누군지 잘 알고 있지? 내가 아버지에게 이 사실을 고하면 너와 세릴의 상관들은 어떻게 될까? 아무래도 군복을 벗게 되지 않을까? 한번 잘 생각해 보라구.”

“하지만…”

“내가 뭐 세릴에 해를 끼치러 온 것도 아니고, 그냥 술집에서 친구들과 술 마시면서 놀 거야. 정말이라니깐? 그러니까 통과 좀 시켜주라. 응?”

정말 난감하게도 샤이나르가 한 말 중에서 틀린 말은 없었다. 그렇기에 다렌스 중사의 머릿속이 점점 복잡해지기 시작했다. 페네시스의 명령을 따라야 할지, 샤이나르의 말을 따라야 할지…

그래도 잘 생각해 보면 제4 황위 계승자보다는 제2 황위 계승자의 말이 좀 더 우선시되는 게 맞다. 그렇지만 제2 황위 계승자의 말만 믿고 따르다간 해고가 될 것 같아 그게 두려웠던 다렌스 중사가 결국 백기를 들었다.

“… 알겠습니다. 다만 한 가지 약속해 주시겠습니까? 제가 상관의 지시를 거역했다는 사실이 들통나게 된다면 제 군 생활은 끝입니다. 그런 상황이 왔을 때 샤이나르 님이 나서서 막아 주실 수 있겠습니까?”

“아아, 그러도록 하지. 그럼 수고해.”

“감사합니다. 충성!”

이미 술 생각으로 가득한 샤이나르가 이러한 약속 따위 기억해 둘리가 없다. 샤이나르는 신이라도 난 듯이 휘파람 소리를 내며 성문 안으로 들어갔다.

/

아, 개운하다! 벌써 아침이구나. 참새들의 짹짹거리는 소리가 지겹도록 들린다. 난 얼른 이불을 갠 뒤 복도로 나와 비스바덴과 샤이나르의 방에 들어갔다. 그 이유는 샤이나르가 별장으로 돌아왔는지 확인하기 위함이었다. 역시나지만 샤이나르는 없었고, 비스바덴이 책상 의자에 앉아 아침 독서를 하는 모습이 눈에 들어왔다. 나는 혹시나 하는 마음에 비스바덴에게 물었다.

"비스바덴, 일어났을 때 샤이나르 못 봤지?"
"응, 밤중에 또 나간 건가?"

샤이나르 이 녀석은 나중에 세이지 스승님한테 무슨 벌 받으려고 이러는 것인지 모르겠다. 하지 말라고 했으면 안 해야 정상 아닌가. 하지만 샤이나르에게는 그러한 개념은 존재하지 않는다. 우리 일행은 부엌 식탁에 모여 앉아 빵과 우유를 먹으며 아침을 시작했다. 샤이나르가 없으니 모든 일행이 식탁 의자에 앉을 수 있게 되었군. 아침을 먹으면서 하는 얘깃거리는 당연하게도 샤이나르에 관한 것이었다. 나는 세이지 스승님을 바라보며 이야기했다.

"세이지 스승님, 제가 예전에 세릴 관청장한테 찾아가서 밤중에 샤이나르가 세릴로 찾아오거든 절대 통과시키지 말라고 말했었는데, 결국 성문을 통과한 모양이에요. 샤이나르가 하는 행동이 도가 지나칠 대로 지나친 것 같은데, 잡아 오면 이번 기회에 확실하게 교육을 하는 게 어때요?"

"그러려면 잡아 올 사람이 필요하다. 페네시스, 부탁해도 될까?"

"제가 기필코 샤이나르를 잡아오겠습니다. 맡겨만 주세요."

"오라버니, 저도 같이 갈래요!"

이때, 내 옆자리에 앉아서 아무 말 없이 우유를 마시던 아리엔느가 손을 들며 말했다. 그녀는 말을 줄줄이 이어나갔다.

"세릴이 어떤 곳인지 궁금하기도 하구요. 페네시스 오라버니랑 산책 겸해서 가보고 싶네요."

이에 세이지 스승님은 걱정스러운 투로 이야기하기 시작했다.

"아리엔느, 최근 들어 페네시스와 비스바덴이 돈을 모으기 위해 연극을 하면서, 올리노프의 황태자들이 세릴 주변에 머물고 있다는 사실이 세릴의 시민들에게 알려진 상태다. 자칫하면 예전 샤이나르의 경우처럼 괴한에게 붙들릴 수도 있는데, 그래도 괜찮은가?"

"괜찮아요. 페네시스 오라버니가 절 지켜주실 테니까요!"

아리엔느가 내 왼팔에 팔짱을 끼며 말했고,

"하하하…"

난 오른손을 뒷머리에 올리며 기분 좋은 웃음을 지었다. 하지만 우리의 이런 애정 행각을 보며 치를 떠는 자가 있었으니, 우리의 반대편에 앉아 있는 카르자야 형이었다. 형은 나에게 따가운 시선을 계속해서 보냈고, 결국 나는 그 시선에 못 이겨 아리엔느가 팔짱 끼는 걸 조심스레 풀었다. 이러한 내 행동에 아리엔느가 의문을 표했지만 그러려니 하고 아무 말 없이 넘어가 주었다.

"자, 이제 슬슬 가볼까!"
"네, 오라버니!"

모든 준비를 끝마친 아리엔느와 나는 샤이나르를 찾기 위해 별장을 나섰다. 그런데 말이 찾아 나서는 거지, 데이트나 다름없었다. 아리엔느는 오늘 나와 데이트를 할 생각에 새하얀 이를 드러내며 연신 미소를 짓고 있었다. 우린 서로 손을 잡아 따뜻한 온기를 느껴가며 숲길을 걸었고, 30분 정도 걸어간 끝에 세릴의 성문에 도달했다. 성문을 지키던 병사 둘이 나를 알아보고 경례를 했다. 나는 그들에게 다가가 물었다.

"지금 위병소장이 누구죠?"
"다렌스 중사입니다."
"다렌스 중사가 오늘 야간 근무도 섰었죠?"
"예, 그렇습니다만…."
"잠깐 불러주시겠어요? 얘기할 게 있어서…."

내가 다렌스 중사를 부른 이유는 혼내기 위함이 아니고, 샤이나르가 어디로 갔는지 정보를 캐내기 위함이었다. 중사 계급인 부사관이 제4 황위 계승자를 상대하기엔 버거웠을지도 모르니 이해해 주기로 했다. 다렌스 중사에게 물어보니 샤이나르가 친구들과 같이 술 마시러 술집에 들를 거란 정보를 흘렸다는 사실을 내게 알려주었다. 나는 감사의 인사를 하고 아리엔느의 신분도 확인해 달라고 부탁한 뒤, 같이 성문을 통과했다.

우리는 세릴의 큰 거리를 걸어 다니며 데이트 분위기를 만끽했다. 그나저나, 웬만하면 이런 시간에 술집은 열지 않을 텐데. 예전에는 샤이나르가 아침 시간까지 술을 마셨기 때문에 술집이 열려 있었지만…. 그래도 지금은 딱히 짚이는 데가 없으니 그쪽으로 가볼까.

/

우리가 강물을 가로지른 큰 다리를 건너고 있을 때였다. 우측통행이 원칙이라 우리 둘은 우측에서 걷고 있었는데, 문득 좌측에서 이쪽으로 걸어오는 인파 중에 검은 복면의 남자가 눈에 띄었다. 난 우연히 그의 겉모습을 살폈다. 살이 드러난 부분은 눈과 이마, 머리뿐이었고 나머지는 온통 검은색이었다. 머리 색깔마저도 검은색이다. 거기에 그의 양손에는 술에 취해 뻗어서 자는 누군가를 끌어안은 채였다. 노란색의 파마머리를 한 그 누군가는… 암만 봐도 샤이나르다. 저 사람이 왜 샤이나르를 끌어안고 있는 거지?

"찾았다."

나는 아리엔느의 손을 흔들며 다른 한 손으로는 검은 복면의 남자가 있는 쪽을 가리켰다.

"어머, 정말이네요. 그런데 저 남성분은 누구죠?"
"가서 물어봐야겠어. 가 보자."

　우린 조심스레 검은 복면의 남자 쪽으로 다가갔다. 그는 다가오는 우리를 눈치 못 채고 있다가, 10m 거리로 좁혀지고 나서야 우리가 자신에게 용무가 있음을 깨달았다. 가까이서 보니 이 사람은 나보다도 나이를 더 먹은 사람 같은데, 샤이나르의 친구인 것 같지도 않고… 샤이나르를 끌어안고 있다는 게 굉장히 의심스러웠다.
"아저씨, 그 애는 왜 들고 있는 거죠?"

　난 무턱대고 묻기 시작했고, 내 말에 아저씨는 나와 아리엔느를 번갈아 보더니 순순히 응답해주었다.

"음? 아아, 웬 귀족 소년이 술집 앞에서 뻗어 있길래 술집 주인의 부탁으로 약간의 수고비를 받고 저택까지 데려다주는 중이었다. 혹시 이 애가 너희 일행인가?"
"네. 수고가 많으십니다. 이제 저희에게 넘겨주셔도 돼요."
"근데 말이야. 갑자기 궁금해서 그런데, 자네의 이름이 어떻게 되지?"
"… 제 이름이 뭐가 중요한가요? 샤이나르와 일행인 게 확실한데, 보세요. 제가 이 애의 이름도 알고 있잖아요. 얼른 넘겨주세요."
"이름을 알려주면 넘겨주지. 크크큭."

　갑자기 묘한 타이밍에 검은 복면의 남자로부터 사악한 웃음소리가 흘러나왔다. 이 사람… 알게 모르게 수상하단 말이야. 술집 주인이 샤이나르의 거처를 알고 있을 리가 없다. 샤이나르가 아무리 무식하고 빈틈이 많지만 자신의 거처를 말해줬을 리가 없다. 남에게 함부로 알려주다간 반 올리노프 일당으로부터 별장이 습격을 받을 수 있기에 우리의 거처는 특급 비밀이다.

"페네시스요. 이제 넘겨주실 거죠?"

난 페네시스란 이름 앞에 올리노프란 단어를 빼고 말했다. 이 사람이 내가 황족임을 알아차리지 못하게 하기 위함이었다. 그런데 그때였다.

"페, 페네시스…!"

그 남자는 깜짝 놀란 눈빛을 하며 그렇게 외치더니 그대로 날 밀치고 내 등 뒤로 도망치기 시작했다. 역시 뭔가 있어… 샤이나르가 황족임을 알고 납치하는 시나리오가 내 머릿속에 그려졌다.

"아리엔느, 여기서 꼼짝 말고 있어. 저 사람한테서 샤이나르 돌려받고 올게!"
"에엣, 페네시스 오라버니!"

난 아리엔느에게 기다리라는 말을 해두곤 전력을 다해 그를 쫓았다. 이른바 추격전이다. 그는 인파들을 밀쳐대며 황급히 도망치는데, 움직이는 속도가 굉장히 빨랐다. 나도 이게 100%의 힘으로 뛰는 것이고, 달리기 하나는 자신 있는데 도저히 거리를 좁힐 수가 없었다. 하지만 아저씨가 큰 다리를 건너고 광장을 지나다가 어느 골목길로 빠져드는 걸 매의 눈을 통해 가까스로 확인할 수 있었다. 나는 그 골목길로 들어갔다. 그곳에는 큰 창고들이 일 자로 나열되어 있었고, 저 멀리서 도망치고 있는 아저씨의 모습이 보였다. 내가 전속력으로 달려가고 있는데 그가 갑자기 옆길로 빠졌고, 이에 나도 그 옆길로 따라 들어갔다. 그곳은 다행히도 막다른 길이었다.

"하아… 하아…."

나는 벽 앞에 멈춰선 남성의 모습을 보고는 안도하며 거친 숨을 쉬었다. 그는 아직도 세상 물정 모르고 자는 샤이나르를 조심스럽게 바닥에 내려놓더니 몸을 돌려 내 쪽을 향했다. 그는 2개의 단도를 양손에 하나씩 쥐고선 날 응시했다.

"자, 이제 도망칠 곳은 없어요. 우리 대화로 해결하는 게 어때요?"

나는 언행일치가 안 되게 발검했다. 나는 그의 앞으로 천천히 다가가며 말했다.

"아저씨, 도대체 정체가 뭐죠? 보아하니 우리가 황족인 걸 아는 모양인데…."
"크크큭…."
"설마 이름도 말 안 할 생각이에요? 저는 상냥하게 이름도 알려줬는데, 너무하시네요."
"이름이라… 그래, 말해 주지. 내 이름은 틸피츠 오브, 이 정도만 알아둬라. 애송아."

그 말이 끝나갈 때였다. 내가 오브란 남성에게 시선을 두었던 탓에, 또 한 명의 사람이 내 뒤에서 소리 없이 다가오고 있다는 사실을 일찍 알아차리지 못했다. 둔기를 휘두르는 소리가 들리길래 곧바로 뒤를 봤더니, 갈색 포니테일 머리에 아까의 남성과 같은 검은색 타이즈에 복면을 한 여자가 철봉 같은 것으로 날 향해 내려쳤고, 난 머리에 엄청난 데미지를 받고 뒤로 쓰러졌다. 너무나도 큰 충격을 받은 터라, 몸이 더는 내 말을 듣지 않았다. 정신이 몽롱하고 시야가 희미해지는 가운데, 여성의 목소리가 들렸다.

"오브님! 제가 해냈어요! 헤헤!"
"나이스 샷이었다, 리스."
"얼른 이 녀석들을 창고로 옮기죠."
"네가 혼자서 옮기고 있어 봐. 난 잠깐 갔다 올 데가 있어."
"네? 이런 중요한 일을 놔두고 어딜요?"
"아까 이 녀석, 페네시스와 같이 있었던 여자애가 황제의 다섯째 딸, 아리엔느일 가능성이 있어. 내 생각대로라면 그 애는 세릴의 큰 다리에 그대로 남아 있을 거다. 그 녀석도 데려오겠어."
"와아, 그러면 오늘 안에 3명씩이나… 굉장한 수확이네요! 세릴에 머물고 있길 잘했어요."

난 두 사람이 하는 대화를 듣다 결국 의식을 잃었다.

/

"이봐, 꼬마 아가씨."

세릴의 큰 다리에서 언제 오라버니가 돌아오시려나 하며 초조하게 서서 기다리고 있는 아리엔느의 어깨를 오브가 남모르게 다가가더니 툭 쳤다.

"어머! 당신은 조금 전에…."

깜짝 놀란 것도 잠시, 아리엔느는 자기 어깨에 올려져 있는 손을 치우고는 경계 태세를 취했다. 아리엔느의 이런 행동에 관해 오히려 흥미를 느끼는 이 남성은, 복면을 하고 있어 무슨 표정을 짓고 있는지 도통 알 수가 없다.

"페네시스 오라버니는 어떻게 되신 거죠!?"
"음, 나랑 싸우려다 내 일행의 비겁한 습격으로 머리를 다쳤는데 말이야. 크크큭… 나랑 같이 상태를 확인하러 가 보지 않겠나? 아아, 혹시나 해서 하는 말인데… 이 인파들 속에서 살려달라고 큰소리치다간 순식간에 꼬마 아가씨의 목숨을 앗아가겠어."
"… 저에게 선택권은 없는 거군요."
"크크큭… 자, 가보자구."

/

얼마나 머리에 받은 데미지가 컸으면 기절했는데도 너무 아파서 금방 일어날까. 내가 상체를 일으켜 눈을 떠 보니 이곳은 어느 밀폐된 공간이었다. 창고인가? 나무 포장 박스가 곳곳에 나열되어 있었고, 이 건물… 생각보다 꽤 넓다. 먼지가 너무나도 가득히 떠돌아다니는 거로 보아 창고로 활용하기를 중단한 지 꽤 오래된 곳인 것 같았다. 내

주변을 둘러보니 샤이나르가 술기운이 가시지 않은 채 옆으로 누워서 코를 골며 자고 있었는데, 그는 밧줄로 다리가 묶여 있었고, 손은 뒤로 묶여 있었다. 웃긴 건 알고 보니 나도 또한 마찬가지라는 것이다. 난 아까 전만 해도 막다른 길에서 오브란 남성과 샤이나르를 두고 대치 중이었는데….

그때 분명 내 뒤를 습격한 여성이 있었다. 이름이 뭐였더라, 리스… 였던가?

"보세요, 간부님. 황족을 둘씩이나 잡았어요!"

그때, 창고 문 쪽에서 문이 열리는 소리가 들리더니 남녀 한 쌍이 들어왔다. 아까 들었던 익숙한 목소리를 가진 검은 타이즈, 검은 복면의 여성이 길 안내를 하면서 매우 자랑스럽게 우리를 가리키며 말했고,

"수고했다, 리스. 자네의 공적은 길이 남을 거야."
"헤헤…."

간부로 호칭되는 줄무늬 민소매 티에 머리가 대머리인 아저씨가 간결한 말로써 그녀를 칭찬하였다. 두 사람은 내가 깨어있는 것을 확인하고도 별로 놀라는 기색이 없었다. 리스가 우리 앞에 나무 의자를 대령하고, 빡빡이 아저씨가 그 자리에 앉더니 내게 말을 걸기 시작했다.

"우리가 만난 건 이번이 두 번째, 맞지?"
"네."

이 빡빡이 아저씨도 예전에 체스 경기장에서 날 만난 적이 있다는 사실은 잘 알고 있는 듯하다.

"머리 아픈 건 좀 어때, 페네시스?"

그는 분명 우리를 납치하도록 명령한 주범일 텐데, 말투는 예전과 같이 굉장히 온화하고 부드러웠다.

"… 제 이름도 알고 있었군요."

"당연하지. 예전에 시장에서 괴한과의 인질극도 있었고, 세릴 연극단에 들어가 연극에도 참가한 몸인데…. 난 두 사건 모두 현장에서 지켜보았다. 솔직히 말해서 모르는 게 더 이상하다고 생각되지 않아? 너희는 세릴에선 이미 유명인사라구. 입소문이란 무서운 거야."
"빡빡이 아저씨, 당신이 보스인가 본데… 대체 당신네는 정체가 뭡니까?"

내 말에 빡빡이 아저씨는 입을 굳게 다물고 대답을 해주질 않았다. 오히려 옆에 서서 지켜보던 리스란 여성이 철봉으로 내 팔을 툭툭 치면서 훈계했다.

"이보세요, 페네시스 씨. 빡빡이 아저씨라니? 우리 간부님에게 말 그렇게 함부로 해도 되는 거예요?"
"닥치세요, 말라깽이가."
"마, 말라깽이?! 전 리스라는 아름다운 이름을 가지고 있다구요! 당신, 내 철봉으로 한 번 더 맞아 볼래요!?"

난 말라깽이가 하는 말을 무시하고 시선을 빡빡이 아저씨에게 돌렸다. 빡빡이 아저씨는 아까부터 날 계속해서 응시했던 것 같았다.

"빡빡이 아저씨, 앞으로 저희를 어떻게 하실 거죠? 죽일 건가요?"

"걱정하지 마, 죽이지는 않을 거야. 올리노프 제국에게 너희를 팔아 넘기고 거액을 챙길 생각이다."

"저와 샤이나르를 팔아 봐야 얼마나 나오겠어요?"

"황태자와 황녀, 총 5명이라면 얘긴 다르지."

잠깐… 그러고 보니 아리엔느는 어떻게 됐지? 내가 큰 다리에서 꼼짝 말고 있으라고 얘기했었는데… 그 남자가 지금 여기, 창고에 없다. 오브라는 남자 말이다. 그녀가 아리엔느라는 사실을 알고 있다면 분명 그가 데리러 갔을 터… 그렇다면 아리엔느가 붙잡히는 것도 시간 문제인 건가….

/

"… 모두 조사했나 보군요. 올리노프의 황태자와 황녀에 대해서. 이 납치 계획을 주도하신 게 빡빡이 아저씨입니까?"

"정확히는 우리 집단의 높으신 분이다. 근데 납치라고 표현하니까 우리가 무슨 나쁜 사람인 것 같이 느껴지는군. 우린 나쁜 사람이 아니야."

"……."

역시 어떤 집단에 소속된 몸이었군. 그나저나 나쁜 짓을 하면서 이것이 나쁜 짓이 아니라고 하니 더는 할 말이 없네. 내가 말을 그만두니 빡빡이 아저씨가 말을 계속 이어나가기 시작했다.

"음, 아리엔느도 잡은 거로 치면…. 이제 남은 건 카르자야와 비스바 덴뿐이로군. 분명 너희가 저녁때까지 집으로 돌아가지 않으면 걱정이 돼서 찾으러 바깥으로 나오겠지? 우린 그때를 노려 한 명씩 유인해서 붙잡을 생각이다. 어때, 그럴싸하지 않아?"

별장이 아닌 집이라고 표현하는 거로 봐서는, 우리가 대도시 세릴 서쪽의 별장에 사는 것은 모르는 것 같다. 그저 세릴에 거주하는 거로 아는 듯하다.

"저는 당하고 말았지만, 카르자야 형과 비스바덴은 그렇게 쉽게 당 할 상대가 아닙니다. 당신들의 계획은 분명 실패하고 말 거예요."
"후후, 과연 그럴까? 일이 너무나도 순조롭게 진행되고 있는데?"

이때, 창고 문이 다시금 열렸다. 창고 안에 있던 모든 이들이 창고 문을 바라보는 가운데, 아리엔느가 걱정스러운 얼굴을 하며 먼저 안으로 들어왔다. 난 그녀를 보고 놀란 가운데 소리쳤다.

"아리엔느!"
"페네시스 오라버니!"

아리엔느가 내게 달려오더니 날 확 끌어안았다. 난 밧줄에 의해 손이 뒤로 묶여 있었던지라 아무런 저항도 못 하고 여성의 품에 안겼다. 이런 행동을 취하는 걸 보아하니 아무래도 내가 걱정이 많이 됐던 모양이다. 이윽고 오브가 뒤따라 들어오더니 복면을 풀고 비아냥거리 듯 말했다.

"아아, 정말 눈꼴시리구만. 크크큭…."

그 대사가 다 끝났을 때였다. 순간 아리엔느가 날 품다 말고 자리에서 일어나더니 오브에게 재빨리 다가갔다. 오브는 갑자기 왜 자기에게 오는지 몰라 그녀를 쳐다보고만 있었는데,

「찰싹!」

"입 조심하세요. 무례한 것!"

아리엔느가 오브의 볼에 싸대기를 날리는 게 아닌가…. 근데 그다음 장면이 압권이었다.

「찰싹!」

오브의 표정이 순간 일그러지더니 아리엔느의 볼에 역으로 싸대기를 날렸다. 얼마나 셌는지 아리엔느가 옆으로 넘어질 정도였다. 이에 아리엔느가 넘어진 채로 소리를 내며 울기 시작했다. 오브가 자기 뺨을 손으로 감싸며 말했다.

"아아, 기분 나빠. 계집애 주제에."
"너 이 자식! 감히 내 아리엔느를!"

난 너무나도 화가 났기에 큰소리치며 몸을 움직여보려 했지만, 워낙 밧줄이 단단하게 묶여 있던지라 팔과 다리 모두 움직일 수 없었다. 결국, 아리엔느조차도 말라깽이에 의해 팔과 다리가 모두 밧줄에 묶인 채로 내 옆에 앉게 되었다. 아리엔느도 어느 순간 되니까 울음을 그치더라. 빡빡이 아저씨는 오브와 리스에게 카르자야, 비스바덴을 생포하라고 명했고, 그 둘은 지시를 받더니 창고 바깥으로 나갔다. 빡빡이

아저씨는 의자에 앉은 채로 턱을 괴더니 내게 말했다.

"페네시스, 황궁에 있었을 때의 재밌는 얘기 좀 해 주겠니? 난 황족이 아니라서 황족의 생활이 매우 궁금하거든."

난 이렇게 착한 빡빡이 아저씨가 왜 이런 짓을 하는지 도통 이해가 안 됐다. 우리가 저녁이 되어도 별장에 돌아오지 않자, 세이지 스승님은 방에서 여가생활을 즐기고 있던 카르자야 형과 비스바덴을 불러 세릴로 파견했다. 하필이면 카르자야 형, 비스바덴 페어라니…. 안 그래도 사이가 좋지 않았던 둘은 성문을 통과할 때까지 서로 단 한마디도 하지 않았다.

비스바덴 같은 경우에는 카르자야 형과 어떻게든 친해지고 싶어 하는 주의지만, 카르자야 형은 아버지가 비스바덴을 특히 사랑하고 아끼는 만큼, 자신이 비스바덴과 엄연히 황위 계승에 관한 경쟁 관계에 놓여 있다고 생각을 하고 있기 때문에, 생활상 필요한 말을 하는 것 이상으로 친해져야 할 필요성을 못 느끼고 있고, 비스바덴은 이에 대해 굉장히 위축되며 부담감을 느낀다. 성문을 통과하더니 카르자야 형이 그동안 다물었던 입을 열었다.

"술집부터 가자."
"응…."

그 둘은 그렇게 짤막한 대화를 하며 큰 다리를 건너 술집이 모여있는 곳으로 이동했다. 저녁이라 그런지 술집마다 사람이 붐볐는데, 카르자야 형은 비스바덴이 따라오든 말든 신경도 쓰지 않고 예전에 샤이나르가 이용했던 술집으로 먼저 들어갔다. 비스바덴은 카르자야 형과 거리를 두며 조심스레 들어온다. 카르자야 형이 주방에서 감독하고 있는 주인을 찾더니 샤이나르의 증명사진을 꺼내 들며 물었다.

"저기, 어제 이런 손님 안 왔습니까?"
"아하~ 오늘 아까까지 술 마시던 분, 황위 계승자 말씀이시군요."
"스스로 황위 계승자라고 말했습니까?"

"아뇨. 예전에 시장에서 괴한에게 인질이 되셨던 적이 있다고 들었는데, 그런 탓에 노란 파마머리를 한 귀족풍의 옷을 입고 있는 소년, 이 분이 제4 황위 계승자 샤이나르라고 이 마을에 소문이 다 났습니다…. 그래서 저도 알고 있었죠. 귀공께서는 그분의 형이 된다고 저번에 말씀하셨죠?"

"제1 황위 계승자, 올리노프 카르자야입니다. 이 녀석이 어딜 갔는지 저녁이 되어도 저택에 돌아올 생각을 안 하더군요. 어딜 갔는지 짐작가는 부분 없으십니까?"
"어라, 저 봤어요!"

갑자기 주방에서 한 여자 아르바이트생이 나오더니 손을 들며 말한다. 뭔가 아는 게 있는지 계속해서 말을 하기 시작했다.

"전 그 당시에 술집 바깥에 있던 플라스틱 탁자와 의자를 정리 중이었는데요. 그 손님이 많이 취하셨는지 술집 바깥에 나오자마자 벽에 기댄 채 쓰러져 계시더라구요. 이걸 어쩌지 하고 주변을 두리번거렸는데, 마침 손님의 지인이 다가오시더라고요."

"그 지인, 어떻게 생겼죠?"

"검은 타이즈에 검은 복면을 한 남성이었어요. 자기가 그 손님을 잘 안다고 말하길래 안심이 됐죠. 그 남성분이 손님을 끌어안더니 어딘 가로 가버리셨어요."

"으음… 협조 감사합니다."

수상해도 너무나 수상한 검은 복면의 남성, 그자는 대체 누구일까…. 술집 바깥으로 나온 둘은 생각에 잠겼다.

"저, 카르 형…."

이런 침묵의 분위기를 깬 것은 비스바덴이었다.

"내가 추리하건대, 그 검은 복면의 남성이 샤이나르를 납치한 것 같아. 그리고 페넨 형 일행이 그 모습을 발견했고, 샤이나르를 돌려받기 위해 그를 뒤쫓다가 봉변을 당한 게 틀림없어. 그렇지 않고서야, 페넨 형 일행이 아무런 연락 없이 자취를 감췄을 리가 없잖아?"

"넌 너무 멀리 생각했어. 내 생각은 달라. 샤이나르가 납치당한 것까진 분명해. 하지만 페넨과 아리는 샤이나르를 찾는다는 구실로 지금도 세릴의 거리를 누비며 데이트 중일 거야."

"내 말이 맞다니깐…."

"닥쳐."

카르자야 형이 예전처럼 비속어를 사용하자 비스바덴이 한숨을 쉬더니 속상하다는 듯 말했다.

"… 왜 카르 형은 나만 미워해? 내 말도 좀 존중해주면 안 돼?"

"너… 우리가 무슨 관계인지 잊었냐?"

"그건 나도 알아. 형도 아버지의 뒤를 이어 황제가 되고 싶은 거잖아. 나도 그래. 하지만… 그런 사이라고 해서 이렇게 티격태격하고만 있을 순 없잖아. 난 카르 형하고 친해지고 싶다고… 왜 내 맘은 몰라주는 거야?"

둘 사이에 정적이 흘렀다. 하지만 그런 말을 듣고도 카르자야 형은 여전히 냉담한 표정으로 비스바덴을 쳐다보았고, 비스바덴은 그 표정에 한 번 더 한숨을 쉬고는 말을 이어나갔다.

"어쨌든 지금은 우리끼리 싸우고 있을 때가 아냐. 얼른 페넨 형 일행과 샤이나르를 찾아야지. 우리 생각이 각자 다르니까, 흩어져서 찾자."
"뭐, 좋아. 지금부터 1시간마다 저기 보이는 시계탑 앞에서 모이자. 그래야 안 오는 쪽이 어떤 문제에 휩싸여 있구나 하고 대강 눈치챌 수 있으니까."
"알았어."

흩어져서 찾자고는 말했는데, 막상 어디부터 찾아야 할지 감이 안 잡히는 비스바덴이었다. 분명 어딘가에 갇혀 있을 것이라는 생각은 들었으나, 세릴을 많이 돌아다녀 본 게 아니어서 어디에 무슨 건물이 있는지도 잘 몰랐다. 비스바덴은 주변에 걸어 다니는 시민들에게 일일이 물어보면서 일행이 갇혀 있을 만한 장소를 물색했으나, 다들 도움이 되는 말을 해 주질 않았다. 그는 한숨을 쉬어가면서 큰 거리를 걷고 있는데,

"비스바덴 님!"

누군가가 저 멀리서 자기 이름을 부르며 뛰어오고 있었다. 저 사람, 누구지…? 하며 물끄러미 바라보는 비스바덴, 하지만 복장을 보아하니 뭔가 깨달아지는 게 있었다. 복면은 하고 있지 않았지만, 검은 타이즈 복장이었다. 그러나 한 가지 다른 점은 남성이 아닌 여성이라는 점이다. 여성의 등에 매달려있는 철봉도 되게 거슬린다.

"비스바덴 님, 큰일이에요. 황족분들이 어느 괴한들에 의해 붙잡혀서 갇힌 상태예요. 제가 구해내려고 했지만 혼자서는 무리예요. 비스바덴 님의 힘이 필요한 시점이라고요."
"… 그나저나 제 이름은 어떻게 아시죠?"

비스바덴은 가장 먼저 떠오르는 궁금증부터 털어놓았다.

"최근에 세릴 연극단 공연을 지켜보면서 알았죠. 어서 서둘러야 해요. 그나저나, 무기 같은 건 없으신가요?"
"우선 가 보기나 하죠."

비스바덴은 리스의 급한 발걸음에 맞춰 걸어나가면서 생각을 하기 시작했다.

'분명히 이 여자는 검은 복면의 남성과 같은 일행일 거야… 어떻게든 나까지 납치하려고 하는 거구나…. 나에게 있어 위험한 존재이지만 여기는 인파가 많은 곳, 여기서 나를 쓰러뜨릴 리는 절대 없어. 적어도 인적이 드문 장소에서 날 공격할 거야….'

비스바덴은 리스가 안내하는 곳으로 따라갔더니, 예전에 나와 같이 연극을 했던 광장을 지나쳐 골목길로 접어들었다. 그곳에는 큰 창고

들이 줄지어 나열되어 있었다. 생각대로 인적이 드문 장소였다.

"비스바덴 님, 저 옆길로 가야 해요."

리스의 발걸음이 느려지기 시작했지만, 비스바덴은 모르는 척 순순히 따랐다. 옆길로 접어드는 순간, 비스바덴은 앞이 벽으로 막혀 있는걸 확인하였다.

"여긴 막혀 있는데요?"
"받아라!"

「띵!」

리스는 그의 뒤에서 철봉을 꺼내더니 비스바덴의 머리를 가격하려했다. 그러나 그 철봉은 머리에 닿지 못한 채 그대로 튕겨 나갔다.

"뭐지!? 왜 튕겨 나간 거죠?"

비스바덴은 천천히 뒤돌아섰다. 그의 눈앞에는 이 알 수 없는 현상에 기겁하고 있는 여성의 모습이 보였다.

"당신이 그 일당과 한패라는 사실은 이미 눈치채고 있었습니다. 인적이 드문 장소로 유인할 때부터 자기 자신에게 방패 마법을 걸었죠."
"마, 마법사라고요!?"

리스가 당황하는 사이에, 비스바덴은 주문을 조용히 외우기 시작했다. 상대가 엿들으면 피할 수도 있겠단 생각 아래에서다. 원래 주문을 외우는 순간에는 방패 마법이 해제되지만, 이를 알 리 없는 리스로써는 멍하니 그를 바라보기만 했고, 결국 비스바덴의 최고 마법이 시전되었다. 화염의 화살, 말 그대로 화살인데 그 화살이 불의 형상으로 생겨났고, 그것이 리스를 중심으로 앞뒤 좌우에 다수 생겨나 도망칠 수도 없었다. 그 화살들은 오직 리스를 향해 돌진하였고,

"꺄아아아악!"

그녀는 외마디 비명을 지르더니 철봉을 놓치고는 쓰러졌다. 비스바덴이 그녀에게 다가가더니 손바닥을 그녀의 얼굴에 갖다 대고는 말했다.

"자, 말해주세요. 황족 일행은 어디에 갇혀 있죠? 말하지 않으면 당신의 귀여운 얼굴에 화상을 입히겠습니다."
"바, 바로 옆 창고예요! 옆 창고라고요! 여자에게 얼굴은 생명이에요… 제발 살려주세요. 흐흐흑…."
"옆 창고라… 우선 일어나서 앞장서 보세요."

/

창고 안, 나와 아리엔느는 여전히 밧줄에 묶여 있는 채로 땅바닥에 앉아 있다. 샤이나르만 유일하게 누워서 자는 상황. 나는 의자에 여유롭게 앉아 있는 빡빡이 아저씨와 대화의 꽃을 피우며 즐겁게 얘기하고 있었다. 내가 황궁에서 있었던 일에 대해 말하고, 아저씨는 웃어가

며 내 이야기를 진심으로 들어주고 있었다. 말하다 보니 아리엔느의 얘기를 하지 않을 수 없게 되었는데, 내가 아리엔느를 좋아하게 된 계기를 말하자,

"어머, 오라버니. 그런 말은 하면 안 되죠!"

… 라며 내 곁에 있던 아리엔느의 얼굴이 순식간에 붉어졌다. 빡빡이 아저씨는 내 이야기를 모두 듣고는 스스로 팔짱을 끼며 웃는 얼굴로 말했다.

"황족이며 청춘이며… 너희는 정말 재밌는 인생을 살고 있구나. 내심 부럽네."
"빡빡이 아저씨는 이런 즐거운 일이 없나요?"

그 말에 문득 의문이 들었던 나는 빡빡이 아저씨에게 물었다.

"즐거운 일은 손에 꼽을 정도야. 너희처럼 이렇게 많진 않단다. 난 어릴 때부터 부모가 돌아가셨고, 고아원에서 지냈어."
"정말이에요?"
"물론이지. 내가 이런 얘기하는데 거짓말을 할 이유가 뭐가 있겠어?"
"솔직히 말하세요. 아저씨도 황족이 되고 싶죠?"
"너희가 부러운 건 사실이지만, 황족이 되고 싶진 않구나. 지금 이렇게 납치당하기도 하는 꼴을 보아하니 말이야. 하하하!"
"하하하하하!"

… 내가 웃을 타이밍이 아니었나? 하여튼 웃기길래 나도 따라 웃었

다. 빡빡이 아저씨가 웃음을 멈추더니 이어서 말했다.

"난 내 인생에 어느 정도 만족을 하면서 살아왔다. 황족으로서의 삶이 좀 더 재밌어 보이지만, 그렇다고 시민으로서의 삶이 재미없거나 지루하거나 하진 않단다. 나중의 얘기겠지만, 만약에 페네시스, 네가 황제가 된다면 반드시 시민을 위한 정치를 해 주길 바란다. 뭐, 그때쯤에는 내가 올리노프 제국에 있을 리가 없지만서도."

"아저씨는 어느 국가 사람이죠?"

"동쪽의 페일로즈 왕국의 사람이다. 하지만 이건 잊지 말아둬. 페일로즈의 사주를 받고 이런 일을 하는 게 아니다. 예전에도 말했듯이 집단이 따로 있어."

"그 집단, 이름이 무엇인지 가르쳐줄 수는 없습니까?"

"내가 집단의 이름을 말해서 득이 될 게 뭐가 있겠어? 물어볼 걸 물어봐야지."

"하긴 그렇군요··· 알려주실 리가 없죠."

주모자가 페일로즈 출신이긴 하지만 적어도 이 납치 사건이 전쟁으로 이어지진 않을 거란 생각이 든다. 황족인 우리를 죽이진 않는 거로 보아 이 집단의 일행은 정말로 단순히 돈이 필요한 것 같다. 그나저나, 비스바덴과 카르자야 형까지 붙잡히게 된다면 이건 정말 올리노프 제국의 중대한 비상사태인데··· 두 형제를 믿어보는 수밖에 없는 것인가. 내 옆에서 아직도 누운 채로 코를 골며 자는 샤이나르가 정말 한심하다. 자기 하나 때문에 우리가 지금 이 모양 이 꼴인데··· 대체 술을 얼마나 마셨길래 아직도 못 깨어나는 거야?

"슬슬 오는 것 같군."

빡빡이 아저씨의 말과 함께 창고 문이 열렸는데… 분명 아저씨의 생각대로라면 '검은 복면의 일행 중 하나가 황태자를 잡아왔구나.'일 텐데, 전혀 아니었다. 창고 문을 바라본 순간 빡빡이 아저씨의 동공이 커졌고, 나직하게 중얼거렸다.

"비스바덴…!"

비스바덴이 검은 타이즈의 여자 하나를 데리고 들어오는데, 왼손바닥은 그녀의 등에, 오른손바닥은 그녀의 얼굴에 갖다 댄 채였다. 허튼 수작이라도 부릴 시에는 몸과 얼굴에 화상을 입히겠다는 뜻인 듯하다. 빡빡이 아저씨가 화난 얼굴을 하며 물었다.

"리스, 이게 대체 무슨 상황이냐!?"
"펠리 님, 죄송합니다! 마법사인 줄도 모르고, 해치우려고 하다가 도리어 당해버렸어요. 흐흐흑…."
"오브는 어디 갔느냐!?"
"카르자야를 붙잡기 위해 저하고 흩어졌죠…."

말라깽이가 마치 죽을죄를 지었다는 듯 눈물을 흘리며 사죄를 하기 바빴다. 비스바덴은 신속히 창고 안을 살폈다. 정면에는 나와 아리엔느, 샤이나르가 비록 밧줄에는 묶여있지만 무사하단 사실과 더불어, 자신의 적은 어디 갔는지 모를 검은 복면의 남자 하나와 저기 있는 빡빡이 아저씨밖에 남지 않았다는 것을 확인하였다. 그런데 가만히 생각해 보니, 저 사람은 자기가 예전에 봤던 적이 있는 사람 같지 않은가. 비스바덴이 그에게 물었다.

"… 우리 어디서 본 적 있지 않나요?"

"봤지, 체스 경기장에서."

"… 실망스럽네요. 체스할 때 매너 좋았던 아저씨였던 걸로 기억하는데, 이렇게 나쁜 일에 손을 대시다니."

"시민의 입장이 되어보면 내 가치관이 이해가 될 것이다."

"어쨌든 지금은 서로 인질을 잡고 있는 상황이니, 인질 교환을 하고 이 사건을 종결하는 게 어떻나요?"

"나도 내 부하인 리스를 아끼는 입장으로서, 그럴 생각이었다. 근데 이쪽은 3명씩이나 잡은 상태고, 자네는 1명뿐인데, 등가교환이 아니잖아?"

"이번 일을 관청에 보고하지 않는 거로 대신하죠. 그러면 아저씨 일행들은 올리노프 제국의 영토에 남아 있어도 무사할 겁니다."

"그걸 어떻게 믿지?"

"저는 거짓말을 하지 않는 사람입니다."

"그렇군… 제3 황위 계승자가 하는 말이니 믿어보도록 하지."

"아저씨가 먼저 인질을 풀어주세요. 그럼 저도 풀어드리겠습니다."

"음, 좋아."

빡빡이 아저씨가 비스바덴과의 협상을 마무리한 뒤, 우리를 향해 다가오기 시작했다. 그러더니 내 오른편에 있었던 아리엔느의 다리와 손에 묶여있었던 밧줄을 정말로 풀어주었다. 그다음은 내 차례인데… 빡빡이 아저씨의 행태가 이상하다. 내 다리에 묶인 밧줄을 두 손으로 잡아서 풀긴 풀었는데, 뒤로 묶여있는 내 손의 밧줄을 푸는 척하더니, 날 패스하고 내 왼편에 있는 샤이나르에게 갔다. 그러더니 샤이나르의 밧줄들은 단숨에 풀어주었다. 난 이게 대체 무슨 생각으로 이러는 건가 싶었는데, 순간 머릿속에 스쳐 지나가는 게 있었다.

"비스바덴! 그 말라깽이를 놔주지 마!"

내 외침이 너무 늦은 건가…! 비스바덴은 빡빡이 아저씨가 세 번째로 샤이나르의 밧줄을 푸는 것을 보고 리스의 등을 밀었다. 비스바덴, 이런 바보 녀석… 아직도 내 손은 밧줄로 묶여있단 말이야! 아리엔느는 한 번도 싸워본 적이 없고, 샤이나르는 코를 골며 자는 상태… 즉, 둘 다 전력감이 아니다. 비스바덴도 자신의 실수를 통감했는지 아차 했다. 아리엔느가 두리번거리더니 아직 내 손을 묶은 밧줄이 남아 있음을 눈치채고 얼른 내 손에 묶인 밧줄을 풀려고 했지만, 리스가 재빨리 달려오더니 아리엔느의 머리끄덩이를 붙잡았고,

"까아아악!"
"전 저보다 예쁜 여자는 싫단 말이에요! 각오하세요!"

리스가 아리엔느를 조건 반사로 일으켜 세우는데, 이번엔 아리엔느 쪽에서 필사적으로 리스의 머리끄덩이를 양손으로 붙잡고 마구 흔들었다.

"당신이나 각오하세요!"
"까아아악!"
"까아아아아악!"
"이 말라깽이 자식! 감히 나의 아리엔느를…!"

난 자리에서 일어나 말라깽이의 허리와 엉덩이를 발로 차며 아리엔느를 서포트했다. 한편, 비스바덴과 빡빡이 아저씨는 서로 눈빛을 주고받으며 묘한 신경전을 벌였다. 비스바덴이 먼저 말했다.

"아저씨, 생각보다 치사하시네요. 어떻게 그런 상황에서 페이크를 쓸 생각을 하신 거죠?"

"이것도 다 아저씨의 살아가는 방법이다. 자, 그럼 싸움을 시작해볼까?"

순간 빡빡이 아저씨의 머리에서 광채가 나더니 온몸이 민소매 티에서 검은 타이즈로 무장이 되었다. 복면을 쓰는 아저씨를 보며 비스바덴은 혀를 내둘렀다.

"변신 마법이라니… 보통 클래스가 아니군요. 각오하세요. 빡빡이 아저씨!"
"난 빡빡이가 아니… 빡빡이었군. 간다!"

빡빡이 아저씨의 양손에 단도가 쥐어진 것을 본 비스바덴은 곧바로 전투 자세를 취했다.

/

"흐아아아아아아앗!"

허리와 엉덩이를 발로 차도 별로 효과가 없자, 난 말라깽이를 상대로 날라차기를 감행했다. 아리엔느의 머리끄덩이를 잡고 버티고 있었던 그녀는 내 날라차기에 정통으로 맞더니 뒤로 넘어졌고, 난 곧바로 이 녀석의 배를 짓밟았다. 꽤 고통스러운지 아픈 신음을 내며 저항을 못 한다.

"아리엔느, 지금이야. 얼른 내 밧줄 좀 풀어줘!"
"네, 오라버니!"

아리엔느가 내 등 뒤에서 손에 묶여있던 밧줄을 풀자, 난 한동안 못 움직여서 느껴지는 뻐근함을 해소하기 위해 간단한 스트레칭을 했다. 물론 현재 상황도 주시하면서다. 비스바덴이 계속해서 뒷걸음질을 치며 빡빡이 아저씨에게 화염의 구슬을 날리고 있는데, 얼마나 재빠른지 모든 공격을 다 피하고는 비스바덴의 급소만을 노려온다. 위험하다고 생각될 때는 방어막을 사용하고 있지만, 빡빡이 아저씨의 마력도 장난이 아니어서 방어막을 깨부수는 상황도 간혹 나타났다. 난 얼른 서둘러야겠다고 생각했다.

난 아리엔느에게 리스를 계속 상대해달라고 부탁하고는 발검하고 빡빡이 아저씨를 뒤쫓았고, 비스바덴은 내가 참전하는 것을 눈치채더니 내 뒤로 도망쳐 왔다. 바로 이 순간이었다. 빡빡이 아저씨의 형체가 비스바덴과 나를 중심으로 원을 그리며 한 명씩 나타나기 시작했다. 분신술인가… 하나하나가 진짜인 것처럼 생겼다. 총 8명의 분신이 우릴 순식간에 둘러쌌다. 분신들이 한목소리로 떠들기 시작했다.

"과연 이 중에 진짜 내가 누군지 알아낼 수 있을까!?"

비스바덴과 나는 서로 등을 맞대며 빡빡이 아저씨의 분신들을 경계하였다.

"페넨 형, 조심해. 분신들이 접근해오면 내가 방어막 쳐 줄게."
"아냐, 그럴 필요 없어."
"무슨 소리야, 형은 이 분신들 중 어느 것이 진짠지 알고 있어?"

"… 무, 물론 모르지."

 난 안 보이는 척하며 적을 속였는데, 사실 보인다. 내가 마나를 모으는 능력도 없고 마법에 대해선 젬병인데, 이상하게도 진짜와 가짜가 구분된다. 허상은 푸른색으로 나타나고, 진짜는 평상시 그대로의 색을 가졌다. 나의 왼편, 비스바덴의 오른편에 서 있는 남자가 진짜다. 이것은 매의 눈의 또 다른 효과인가?

"간다!"

 8명의 분신들이 우릴 향해 달려들었다. 이 중 진짜가 양손에 든 단도로 우리 둘의 복부를 동시에 찌를 생각이었겠지만, 난 달려들 때 역으로 진짜에게 달려가 찌르기를 감행했다. 단도와 대검의 길이는 천지 차이라, 몸속으로 파고드는 것은 대검이 우선이다.

「푸슉」

"커어억!"

 다른 7명의 분신들은 사라지고, 빡빡이 아저씨의 몸속에 대검이 그대로 박혔다. 빡빡이 아저씨는 입에서 피를 토하기 시작했고, 대검이 박힌 부분에서 피가 치솟아 나오기 시작했다.

"잘 가요, 빡빡이 아저씨. 오늘 한 대화는 재미있었어요."

 난 짤막한 마무리 멘트와 함께 대검을 좀 더 밀어 넣었다. 그 대검은 몸속 기관들과 등을 뚫고 반대편으로 나왔다. 난 여기서 대검의 손잡

이를 돌렸다. 좀 더 강한 타격을 주기 위함이었다.

"크으윽…."

내가 대검을 빼내니, 그는 짧은 비명과 함께 앞으로 쓰러졌다. 더는 말을 하지 않는 걸 보니, 거의 사망이라 봐도 무방하다. 내 곁에 있었던 비스바덴은 사람이 죽은 모습을 보고는 속이 울렁거리는지 상체를 낮추었다.

"우에에에엑!"

한편, 아리엔느는 넘어져 있는 리스를 상대로 올라타서 여자다운 싸움을 하던 중이었는데, 사람이 죽는 소리가 들리자 둘 다 싸움을 그만 둔 채 이쪽을 쳐다봤고, 그곳에는 방금 사람을 죽인 탓에 겉옷과 얼굴에 피가 튀어 가득히 묻은 내가 있었다.

"어머… 페네시스 오라… 버니…."

아리엔느는 리스를 놔두고는 일어난 뒤 자기 손바닥으로 입을 막고는 뒷걸음질 치다 뒤로 넘어졌다. 나를 무서워하고 있는 표정이다. 날 그렇게 좋아했던 아리엔느가… 날 무서워하고 있다. 날 그렇게 사랑했던 아리엔느가… 날 두려워하고 있다. 쓰러져 있었던 말라깽이가 상체를 일으키더니 죽은 아저씨에게 천천히 기어 왔다. 잔인한 장면을 보니 힘이 빠져서 더 이상 걸을 힘이 남아 있지 않은 모양이었다. 그녀의 눈가가 금세 촉촉해졌다.

"펠리 님! 펠리 님! 정신 차리세요, 펠리 님! 흐흐흑…."

그녀는 눈물을 닦아내며 펠리란 아저씨의 몸을 흔들었으나, 그는 이미 죽은 지 오래다. 피를 이렇게나 많이 흘렸는데 살아있을 리가 없다. 난 내 앞에서 울고 있는 리스를 향해 무릎 앉아 하며 물었다.

"말라깽이 씨, 감옥행 하실래요, 이렇게 죽을래요?"
"흐헤엑!"

내가 그렇게 무서운 표정을 짓고 있나…? 그녀는 내 얼굴을 보더니 뒤로 자빠졌다. 난 자리에서 일어나 그녀에게 천천히 걸어가며 물었다.

"물음에 대답하셔야죠."
"가, 가, 감옥행 할게요. 감옥행 하겠습니다! 네!"

그녀는 마지못해 대답하는 것 같이 보였다. 그래, 인간은 태어남과 동시에 죽음을 두려워한다. 어지간히 멘탈이 강하지 않고서야, 죽을래, 살래란 질문에 죽겠다고 말하는 사람이 이 세상에 몇이나 될까? 난 오늘 사람을 처음으로 죽여 봤다. 그것도 매우 잔인하게… 하지만 이것도 황제가 되기 위한 첫걸음이라고 생각한다. 평상시에는 아니라고 말하지만… 카르자야 형이나 비스바덴처럼, 나도 황제가 되길 내심 원하고 있었던 건가? 후후… 인간의 역사는 전쟁의 역사… 언젠가 겪어야 할 과정, 지금 미리 겪어도 나쁘지 않지.

"비스바덴, 괜찮냐?"

나는 비스바덴에게 다가가 그의 등을 두들기며 말했는데,

"으, 으응… 이제 괜찮아."

구토는 이미 다 했는지 정말로 괜찮아 보이는 표정이었다.

"아리엔느는 어때, 괜찮아?"

난 멀리서 넘어진 채 겁먹은 얼굴로 나를 쳐다보는 아리엔느에게 말했는데,

"……."

사람이 죽은 것과 내 망가진 외모를 보니 어지간히도 충격을 받았는지 입이 매우 조심스럽다.

"비스바덴, 아리엔느 좀 챙겨줘."
"알았어."

나는 남아 있는 밧줄을 이어 묶어서 큰 밧줄로 만들고는 말라깽이의 몸을 여러 번 둘러 묶었다. 이에 저항하는 기색은 전혀 없었다. 비스바덴이 아리엔느를 진정시키며 일으켜 세웠고, 난 아직도 자고 있는 샤이나르를 어떻게든 일으켜 세워서 업었다. 비스바덴이 리스를 묶은 밧줄을 손에 쥐고는 개 몰 듯하며 아리엔느와 나를 따라 창고 바깥으로 나왔다. 비스바덴이 말했다.

"페넨 형, 카르 형은 지금쯤 아마 시계탑 앞에 서 있을 거야. 나랑 약속했었거든. 페넨 형 일행을 찾다가 1시간마다 시계탑 앞에서 모이자고. 지금 시간이 좀 오버된 것 같아. 조금 서두르자."

자, 그럼 비스바덴의 말대로 시계탑으로 가 보실까… 잠깐, 싸움이 다 끝난 것은 절대 아니다. 검은 복면의 남성, 오브가 아직 남아 있다. 그는 지금쯤 어디에 있을까? 우리 일행이 큰 거리로 나오니 시민들이 내 얼굴과 겉옷에 피가 묻어 있는 것을 보고 놀라며 주변인들과 수군 대었다. 계속 이러면 나중에 또 안 좋은 소문이 퍼질까 두려워 우리는 시계탑으로 가기 전에 물이 나오는 수도꼭지가 마련된 공원으로 이동 했다. 난 이 장소에서 샤이나르를 잠시 벤치에 내려놓고 물을 이용해 얼굴을 빡빡 닦았다. 아리엔느가 군데군데 남아 있는 피들을 가리켜 주었기에 결국 얼굴을 깨끗하게 닦아낼 수 있었다. 이에 아리엔느의 표정이 조금씩 밝아지더니 내게 말했다.

"이제야 제가 아는 오라버니로 돌아오셨군요. 아까는 너무 무서운 얼굴이었어요."
"음, 그래? 앞으로는 그런 모습 보이지 않을게. 오늘은 특별한 상황 이었잖아. 그렇지?"
"네, 그건 맞긴 한데… 하여튼 앞으로도 쭉 이 모습으로 있어 주세 요."

쭉 이 모습으로 있어 달라는 말이 왜 이렇게 걸리적거리지… 내가 왜…

/

오후 7시, 슬슬 해가 저물어가는 시간이다. 카르자야는 큰 거리를 돌아다니며 우릴 찾으려고 애썼으나, 결국 이렇다 할 성과 없이 시계탑 앞에 도착했다. 그나저나, 1시간이 지났건만 아직도 비스바덴이 돌아오지 않는다. 카르자야는 비스바덴에게 무슨 일이라도 생겼나 하는 생각에 발을 동동 구르고 있는데, 옆에 언제부터 있었는지 모를 누군가가 하품을 해대며 말한다.

"흐아암… 비스바덴은 오지 않아."

카르자야가 그 소리에 문득 옆을 돌아봤더니, 웬 검은 타이즈, 검은 복면의 남성이 시계탑 벽에 기댄 채로 제법 건방지게 서 있는 것이었다. 자기 쪽을 바라보고 있지도 않다. 완전히 무방비 상태… 카르자야는 조금 전에 술집의 여성 아르바이트생이 증언한 것을 떠올렸다. 검은 복면의 남성이 술 취해 쓰러져 있는 샤이나르를 끌어안고선 어디론가 가버렸다는 그 얘기….
이 남성이 그 사람이 아닐까 하는 생각이 들었다. 자기한테 처음부터 비스바덴의 얘기를 꺼내는 걸 봐서는 이미 자기 자신이 올리노프 카르자야라는 사실도 알고 있는 듯해 보였다.

"무슨 소리지?"

말 그대로의 의미였지만 카르자야는 정보를 더 얻기 위해 일부러 의문을 표했다.

"지금쯤이면 황족 4명 모두 인질 신세가 되었을 거다. 그러니 여기로 오지 않을 거란 소리지."

방금 말을 통해 이 검은 복면의 남성에게 또 다른 동료가 있다는 사실이 여지없이 드러났다. 카르자야는 슬슬 감이 오기 시작했다.

"네가 하는 말 그대로라면, 내가 여기서 널 상대로 무리하게 저항하다간 그 애들의 목숨이 남아나질 않겠군."

그 말에 오브가 웃음소리를 내더니 벽에서 등을 떼어내고는 이쪽을 바라보며 말했다.

"크크큭… 바로 그거다. 자, 카르자야. 나랑 같이 황족들이 있는 장소로 가 보실까?"
"그 전에 몇 가지 물어볼 게 있다."
"아아, 말해 봐. 모두 들어주지."
"너희는 어떻게 우리의 위치를 알고 있지? 나를 예로 들자면, 1시간 안에 시계탑 앞에서 모이자는 말을 한 대상은 비스바덴뿐이었는데."
"난 그런 약속 따윈 알지 못했어. 단지 이 시계탑 꼭대기의 전망이 너무나도 좋다 보니 말이야. 이곳을 기점으로 삼아 배치된 망원경으로 너희의 위치를 모두 알 수 있었지. 황족들의 생김새는 대강 알고 있었으니까, 찾는 데 별 어려움은 없었다. 네가 시계탑 앞에서 비스바덴을 기다리고 있길래 나도 내려온 거고."
"어떻게 우리의 얼굴을 알고 있는 거지?"
"… 이봐, 세릴에서 얼굴을 홍보하고 다닌 건 너희였잖아. 아리엔느를 본 적은 없었지만 올리노프 제국 내에서 가장 예쁘기로 소문난 여자라, 대충 봐도 알겠더만."
"황족을 납치하는 이유는 돈 때문인가?"
"그래. 우리 집단이 현재 재정이 적자라서, 많은 돈이 필요하지."
"비스바덴이 마법사라는 사실은 알고 있었나?"
"… 마법사라고?"

"몰랐었던 모양이군. 난 비스바덴이 너 같은 녀석들에게 당했을 거란 생각 따윈 추호도 하지 않는다. 너야말로 걱정하시지. 과연 일이 네가 생각한 대로 잘 풀리고 있을까?"

/

카르자야 형의 말이 거의 끝나갈 때쯤, 카르자야 형의 뒤편에 우리 황족 일행이 당도했다. 난 카르자야 형 앞에 있는 오브를 보자마자 업혀 있었던 샤이나르를 바닥에 조심스럽게 내려놓고는 카르자야 형보다 한 발자국 더 나아간 뒤 발검하며 말했다.

"찾았다… 날 보고 애송이라고 불렀던 녀석, 틸피츠 오브! 나와 결판을 내자!"

오브는 황족 일행도 일행이지만, 몸이 밧줄에 묶인 채로 비스바덴에게 끌려다니고 있었던 리스를 보더니 식겁했다. 오브는 식은땀을 흘리며 리스에게 소리쳤다.

"리스, 이게 어떻게 된 거냐!?"
"오브 님! 지금은 우선 도망치세요! 펠리 님은 죽었습니다!"
"… 뭐라고?!"
"페네시스가 펠리 님을 죽였어요! 제 두 눈으로 똑똑히 봤습니다!"

리스가 하는 말에 카르자야 형이 놀란 눈빛을 하며 앞에 서 있던 내게 물었다.

"페넨, 너… 사람 죽였냐?"
"모두를 구하기 위해 내린 선택이었어."
"그렇군… 저 오브라는 사람, 생각보다 강해 보이는데… 서포트 해줄까?"
"필요 없어."

나와 카르자야 형의 대화가 거의 끝나갈 때쯤에, 오브가 양손에 단도를 꺼내 들더니 말했다.

"페네시스. 네가 펠리 님을 죽였다고?"
"그렇다."
"보기보다 제법이군. 하지만 난 펠리 님보다 더 강하다. 네가 이길 수 있는 상대가 아니야."
"과연 그럴까?!"

난 기합을 지르며 앞으로 달려나가는데, 오브의 양손에 있던 단도들이 나를 향해 쏜살같이 접근해왔다. 난 대검으로 그 단도들을 치면서 피했고, 거의 다가가자 그를 향해 검을 내리쳤다. 벤 건가? 그런데 벤 느낌이 안 들었다. 마치 허공에 내려친 것 같은 느낌이다.

"안개환영술!"

순간, 오브의 몸이 흐물흐물하더니 사라졌다. 이건 설마…

"까아아악!"

그때였다. 내 뒤쪽에서 어떤 여성의 비명소리가 들렸다.

"페네시스, 이 처자의 목숨이 아깝다 생각되면 리스를 내놔라!"

오브가 이 싸움을 못 본 체하고 지나가려던 한 처자의 뒤쪽으로 다가가 그녀를 붙잡았다. 한 손으로는 처자의 몸을 꽉 안고 (변태 자식…), 다른 한 손으로는 처자의 목을 단도로 노리고 있었다. 여성을 인질로 붙잡을 줄이야… 정말 치사한 녀석, 내 검이 이렇게 망설이게 되다니… 이 상황을 어떻게 타개해야 할지, 생각이 정리되지 않았다.

처자의 비명이 주변에 있었던 인파들을 끌어모았고, 우린 어느새 싸움 구경거리가 되어버렸다. 오브는 내 대답을 기다리고 있는 모양인지 그 이후로 아무 말이 없었다. 내가 어떻게 움직이는 게 좋을지 열심히 생각하고 있는 가운데, 카르자야 형이 오브에게 외쳤다.

"오브, 이 여자를 풀어주기만 하면 되는 것이냐!?"
"그렇다!"
"비스, 얼른 풀어줘."

비스바덴은 모처럼 잡은 적을 풀어주는 것에 대해 반감을 느꼈으나 결국 카르자야 형의 말대로 하였다. 밧줄을 풀어주니 리스가 신나게 팔짝 뛰며 오브의 곁으로 이동했다. 오브도 그제야 안심이 됐는지 단도를 거두더니 처자를 풀어주었고, 처자는 안도의 한숨을 쉬더니 인파 속으로 도망치며 사라졌다. 난 오브가 단도를 거두는 이유에 관해 물었다.

"왜 단도를 거두는 거지? 설마 나랑 싸우지 않겠다고…?"

"너와 싸울 이유가 없어졌다. 그리고 넌 아직 약해빠졌어. 여기서 널 죽여버리면 앞으로의 미래가 재미가 없어질 것 같단 생각이 들었다. 싸움은 다음 기회에 하도록 하지. 리스, 가자!"

"네, 오브 님!"

인파들이 길을 비키는 가운데, 오브와 리스가 그 사이로 비집고 들어가 저 멀리 도망쳐버렸다. 둘 다 달리는 속도가 정말 빠르구만…. 나도 저런 검은 타이즈를 입고 있으면 저렇게 빨라지려나? 하여튼, 아리엔느 스스로가 이번 사건으로 느낀 심정을 토로했다.

"카르자야 오라버니, 저 정말 무서웠어요. 흐흐흑…."

"어서 와, 아리. 페넨과 비스도 수고 많았어."

어쨌든 간에 감동의 재회다. 아직도 코를 골며 자고 있는 샤이나르를 제외한 우리 황족 넷은 서로를 품에 안으며 따뜻한 온기를 느꼈다. 구경하던 인파들은 잘 됐다는 듯이 박수갈채를 보내주었다.

/

리스는 창고 바깥에 떨어져 있는 자신이 애용하던 철봉을 다시 손에 넣고는 오브와 함께 창고 안으로 이동했는데, 그곳에는 빡빡이 아저씨가 많은 피를 바닥에 흘린 채 쓰러져 있었다.

"정말로… 죽었군…."

"네, 오브 님."

이때 오브의 표정은 싸늘하게 변해있었다. 씁쓸하다는 듯 시체로부
터 눈을 돌리며 리스에게 물었다.

"이 근처에 묘지가 있었던가?"
"아뇨, 여기서 40분은 더 걸어야 나와요."
"죽은 사람을 옮기다간 내 옷에 피도 묻을 테고, 시민들에게 의심을
받을 게 분명하다. 묘지에 묻을 수도 없겠군… 우선 세릴을 뜨자."
"어머, 여길 뜨다뇨!? 그 황족 애들한테 복수해야죠!"
"그 녀석들이 관청에 우릴 신고할 게 분명하다. 게다가 우리가 노린
다고 해서 뒤질 녀석들이 아니야. 명줄이 길어 보였어."
"……."
"집으로 가서 평상복으로 갈아입고 서둘러 움직이자고. 다카트의 본
거지로 이동한다."
"알겠어요, 오브 님."

아버지의 곁으로

어느새 밤 8시, 우리 황족 일행은 별장으로 돌아가기 전에 세릴의 관청 앞에 들렀다. 바로 검은 복면의 녀석들을 신고하기 위해서다. 우리끼리 의논한 결과 사건의 모든 전말을 알고 있는 내가 들어가서 말하는 것으로 결정이 났고, 나는 샤이나르를 비스바덴에게 자연스레 업히게 하고는 관청으로 들어가 관청장실에서 관청장을 만났다. 그는 커피까지 직접 끓여가면서 극진하게 날 대접했지만 난 처음부터 세게 밀고 나갔다.

"그러니까, 당신들이 샤이나르를 통과시키지 않았다면 이런 일도 없었잖습니까!"
"… 그런데 정말로 통과했습니까? 분명히 인수인계를 해뒀습니다만…"
"죄송하단 말이 우선 아닙니까?"
"죄, 죄송합니다! 하지만 저는 분명 분부하신 대로 했습니다. 제발 너그러이 용서해주십시오."

계속해서 죄송하단 말에 할 말이 없어진 나는 분을 삭이며 결론을 얘기했다.

"하여튼, 아직 세릴 안에 있을 그 검은 타이즈와 검은 복면을 쓴 두 일당을 체포해 주십시오. 이 일을 처리하는 걸 봐서 용서할지 안 할지 결정하겠습니다."

"… 알겠습니다. 또 하실 말씀 있으십니까?"

"샤이나르를 통과시킨 위병소장이 다렌스 중사인 걸로 알고 있는데, 상관의 명령을 어긴 것은 확실하나 중징계는 내리지 말길 바랍니다. 이것은 제2 황위 계승자로서의 명령입니다."

"명심하겠습니다."

관청장이 예의를 갖추며 날 관청장실 바깥으로 내보냈다. 관청장이 뒤따라 관청장실에서 나오더니 5분 대기조 병사들에게 얼른 관청 바깥으로 집합하라고 명령했고, 민원을 보던 병사를 시키더니 서류를 뒤져서 '틸피츠 오브, 리스, 펠리'란 이름을 가진 자들이 거주하는 원룸 집을 특정지었다. 리스의 성이 트로젠이라는 것도, 빡빡이 아저씨의 성이 조르디라는 것도 이때 알았다. 난 이 모든 행동을 지켜본 다음에야 관청장을 따라 관청 바깥으로 나갔다. 한쪽에는 황족 일행들이 버티고 서 있었고, 다른 한쪽에는 2열 종대를 한 투구를 쓴 병사들이 나란히 배치된 상태였다.

"대위님, 명령을 내려주십시오!"

"황족분들을 납치하려 했던 자들의 장소를 파악하였다. 나를 따라오거라!"

"예!"

관청장의 지시에 따라 병사들이 그를 따라 황급히 움직인다. 자, 이걸로 사건 종결이 되려나… 나는 황족 일행에 재합류했다. 카르자야 형이 내게 물었다.

"페넨, 관청장에게 모든 얘기 다 했냐?"

"응, 전부 다 했어. 이게 워낙 중대사라 자칫하면 큰일이 생길 수도 있다면서 속전속결로 조용히 처리하겠다고 하더라고."

"오늘 우리가 겪었던 얘기를 세이지 스승님에게 말하면 어떻게 될 것 같냐?"

"그, 글쎄… 우선 세릴 출입을 금지하지 않을까? 우리가 세릴에 출입했다가 겪은 일들이니까."

"내가 스승님이라면 분명 수도 레타카로 돌아갈 거야."

"… 그건 지나친 생각 아니야? 그 녀석들은 우리가 세릴 바깥에 있는 별장에 사는지도 모르는 것 같아 보였어."

"그 녀석들, 어떤 집단에 소속되어 있는 모양이던데? 너, 사람 하나를 죽였다며? 이번에 상대한 녀석들은 그렇게 세지는 않으니 다행이지만, 더 강한 녀석들이 우리 아지트를 발견해서 공격해 오면 어떻게 할 거야?"

"으음… 형의 말이 맞는 것 같아. 위급한 상황에 처한 것 같네. 수련은 그만두고 가장 안전한 수도 레타카로 돌아가는 게 좋겠어."

우리는 밤 9시가 되어서야 겨우 별장에 도착했다. 비스바덴이 샤이나르를 눕히러 2층으로 올라간 사이에 나와 카르자야 형, 아리엔느는 거실 소파에 앉아 반대편에 앉아 있는 세이지 스승님에게 그동안 있었던 일에 관해 말했는데, 굉장히 어두운 표정을 지으셨다. 스승님이 이런 표정 짓는 건 태어나서 처음 본다. 우리의 설명을 다 듣더니 천천히 입을 열었다.

"앞으로 부득이하게 세릴에 출입해야 할 경우에는 3인 1조로 움직여라. 하지만 웬만하면 출입하지 말았으면 좋겠구나. 그 집단이 얼마나 큰지는 잘 모르지만, 앞으로도 너희를 노릴 가능성이 있다. 내가 황제 폐하께 편지를 보내 이 상황을 설명해 드리고, 답변을 받은 뒤에 움직이든지 하겠지만… 내가 볼 땐 100% 레타카행이 될 것이다. 황제 폐하로부터 답변이 오기 전까진 검술 수련과 마법 수련은 생략하겠다. 마음껏 놀도록 해라."

수련은 생략이라… 기쁘게 받아들여야 할지, 슬프게 받아들여야 할지…. 예전 같았으면 정말 기뻤을 텐데. 나름 마음에 들었던 별장 생활도 조만간 종지부를 찍을 생각에 아쉬움이 들었다. 카르자야 형도, 뒤늦게 내려와서 우리에게 이야기를 들은 비스바덴도 나와 한결같았다. 난 피가 묻은 옷을 갈아입은 뒤 호숫가로 나와 물가에 돌 팅기기를 하며 이 아쉬움을 달래고 있었는데, 누군가가 내 옆으로 오더니 나와 같은 행동을 하고 있었다. 아리엔느일거라 생각했지만, 예상 외로 비스바덴이었다.

"페넨 형, 나 한 가지 물어보고 싶은 게 있었어. 괜찮을까?"

물가에 돌 팅기기를 한 서너 번 했을까, 문득 옆에 있던 비스바덴이 내게 물었다.

"뭔데? 말해 봐."
"그… 대머리 아저씨가 우릴 상대로 분신술을 썼을 때 있잖아. 그때 어떻게 진짜를 가려냈어?"
"… 으응?"
"그러니까, 형은 그때 진짜를 골라내서 대검으로 마무리 지었잖아. 난 형보다 마력이 더 강했지만, 어느 것이 진짜인지는 도통 짐작이 안 됐는데, 형이 쉽게 가려내길래 깜짝 놀랐어."

생각보다 곤란한 질문이다. '매의 눈이 가려냈어!'라고 말할 수도 없는 노릇이다. 설명도 잘 안 될뿐더러, 내 비밀스러운 동물적인 감각의 기술들을 타인에게 알려주고 싶지 않았다.

"1/8로 찍어본 거지. 난 마법 회로도 열리지 않았는데 어떻게 진짜와 가짜를 구별했겠냐?"
"하긴, 그렇지?"

비스바덴은 날 의심하는 눈초리로 쳐다보다가, 내 말에 결국 의심하기를 그만두었다. 단순히 운이었으리라 믿으며 비스바덴은 별장으로 돌아갔다. 다음으로 내게 찾아온 사람은 아리엔느였다.

"아리엔느, 가끔은 카르자야 형에게도 찾아가서 말동무나 돼 줘."
"… 예? 카르자야 오라버니는 왜요?"
"왜일 것 같아?"
"… 잘 모르겠는데요?"

아리엔느는 너무나도 둔하다. 어떻게 카르자야 형이 좋아한다는 티를 내줘도 자기를 좋아한단 사실을 모르지? 난 그게 너무 웃겼다.

"모르면 됐어. 하하하. 여기에 앉아서 얘기나 하면서 놀자."
"네."

우리는 호숫가 앞에 다정히 앉았다. 아리엔느는 나와 하고 싶었던 얘기가 많았는지 계속해서 말을 꺼냈고, 나는 상냥하게 들어주는 입장이 되었다.

"그때는 꽤 위험한 순간이긴 했지만, 어떻게 여자아이 앞에서 사람을 죽일 수가 있어요? 전 너무 놀랐단 말이에요. 사람이 죽는 모습이라든가, 오라버니의 얼굴이 피투성이가 된 걸 지켜본 저로서는 정말 무서웠어요."

"그래, 그래. 잘 알았어. 다음부터는 그런 모습 보여줄 일도 없을 거야. 안심해도 돼."

"정말이죠?"

"그렇다니까. 내가 거짓말하는 거 봤어? 아… 봤구나?"

"후훗… 하여간 페네시스 오라버니는 엉뚱하다니깐요."

"내가 좀 엉뚱한가… 하하하."

"백작님이 말씀하시기로 100% 레타카행이 될 거라는데…."

"음, 굉장히 아쉽네. 별장 생활도 꽤 즐거웠는데… 근데 우리의 목숨이 또다시 노려질 가능성도 있으니까, 수도 레타카로 돌아가는 건 맞는 행동 같아."

"저도 별장 생활은 이번이 처음인데… 정말 기분이 좋아요. 이렇게 페네시스 오라버니랑 둘이서 오붓하게 얘기할 시간도 많아지고…."

"그러게 말이야. 하아, 안타깝다."

그때였다. 별장 쪽에서 세이지 스승님과 그 문제의 샤이나르가 호숫가 쪽으로 걸어 나왔고, 우린 그쪽을 멍하니 바라봤다. 샤이나르… 드디어 일어났나? 세이지 스승님은 몹시 화가 난 얼굴이었고, 샤이나르는 도대체 영문을 모르겠다는 표정을 짓고 있었다. 자기가 밤중에 세릴로 움직인 기억도 안 나는 건가? 에이, 설마…. 스승님이 샤이나르를 향해 고함을 쳤다.

"앞으로 3시간을 주겠다. 호숫가 3바퀴 돌아라. 시간 안에 돌지 못할 경우 1바퀴씩 추가하마!"

"예!? 그건 무리예요, 스승님! 전 정말로 제가 왜 뛰어야 하는지 모르겠다구요!"

"시작!"

"에잇, 젠장!"

3시간 안에 3바퀴는 내 체력으로도 하기가 어려운 난도다. 수고해라, 샤이나르….

/

샤이나르가 호숫가를 돌기 위해 떠난 이후, 세이지 스승님이 호숫가 앞에 앉아있던 내 옆에 다가와서 앉았다. 스승님이 샤이나르에게 보여줬던 무서운 얼굴은 벌써 풀려있었다.

"세이지 스승님. 샤이나르한테 너무 힘든 벌칙을 준 거 아닌가요?"

물론 샤이나르가 큰 실수를 저지른 건 맞지만, 너무나도 지나친 처사가 아닌가 하는 생각이 들었기에 이렇게 말했다.

"맞아요. 샤이나르 오라버니는 한 바퀴 돌 힘도 없다구요."

내 오른편에 앉아있던 아리엔느도 날 동조하고 나섰다. 아리엔느도 샤이나르에 대해 잘 알고 있었네…? 이에 세이지 스승님이 하하하 웃으며 우리에게 설명했다.

"샤이나르 이 녀석은 항상 내 말을 듣지 않고 문제만 키워나가니까, 이번 기회에 확실히 교육할 생각으로 내린 벌이다."

"그렇군요."

"그건 그렇고, 너희 둘은 정말로 사이가 좋은 것 같군. 연인 관계처럼 느껴질 정도로."

갑자기 다른 주제로 얘기를 돌리시는 스승님, 그것도 아리엔느와 나에 대한 이야기로⋯. 하지만 난 당황하지 않았다. 오히려 아리엔느의 손을 잡으며 당당하게 말했다.

"저희는 나중에 결혼할 사이입니다."

"어머⋯!"

순간 아리엔느의 뺨이 급속도로 붉어지면서 완전히 홍당무처럼 되었다. 스승님도 벙찐 표정을 한 채로 아리엔느와 날 번갈아가며 쳐다보기에 난 다시 한번 말했다.

"⋯ 진짜예요."

"아니, 페네시스. 아리엔느의 표정을 보아라. 마치 처음 들었다는 듯이 부끄러워하고 있잖아."

세이지 스승님이 하는 말에 나는 아리엔느를 바라보며 말했다.

"그치? 아리엔느. 우리 결혼할 거지?"

아리엔느의 얼굴이 이젠 홍당무를 넘어서서 빨간 토마토가 되었다.

"오라버니, 저… 저…."

"저…?"

"이거… 청혼이에요?"

"응, 레타카로 돌아가면 결혼하자!"

"저, 생각할 시간 좀 주세요!"

순간 아리엔느가 벌떡 일어나더니 별장 쪽으로 뛰어갔다. 별로 생각해 볼 것도 없는데… 아리엔느는 날 결혼 상대로 생각해 두진 않았던 건가? 위대하신 아버지는 아리엔느의 결혼 상대로 카르자야 형과 날두고 고민하시던데, 이 소식이 아리엔느의 귀에는 들어가지 않았었구나. 왠지 너무 당황하더라… 세이지 스승님이 이런 나에게 일침을 가했다.

"페네시스, 너만의 생각이다. 지금 반응을 보건데 아리엔느는 아직 결혼까진 생각을 못 했던 것 같다."

"이거 어쩌죠… 기왕 하는 청혼, 제대로 해야 했는데….."

"그래도 뭐, 계속 밀고 나가보도록. 잘 어울리는 한 쌍 같으니."

"감사합니다, 스승님."

"그나저나 페네시스. 너도 눈치는 채고 있을 텐데….."

"… 예?"

세이지 스승님은 카르자야 형에 관해서 여러 가지 이야기를 했다. 카르자야가 아리엔느를 제대로 못 쳐다보는 것 하며, 카르자야가 우울해 있을 때 아리엔느가 거실로 나오자고 하자 같이 따라 나오는 것 하며, 카르자야가 아리엔느에게 요리 점수를 100점 주는 것 하며, 아주 가지가지로 아리엔느를 좋아하는 티를 내고 있다는 것이다. 물론 이건 나도 잘 아는 내용이었다. 세이지 스승님이 내 심정을 물었고, 나는 제대로 대답했다.

"전 아리엔느를 포기하지 않습니다. 카르자야 형이야말로 다른 여자를 찾아봐야 한다고 생각해요. 아리엔느에게 어울리는 남자는 저뿐입니다."
"카르자야도 쉽게 포기할 것 같지는 않은데 말이지."
"아리엔느도 지금 저를 좋아하고 있습니다. 이런 걸 생각해 볼 때…."
"지금 아리엔느는 카르자야가 자길 좋아하는지 모르잖아?"
"그건 그렇습니다만…."
"여자의 마음은 알다가도 알 수가 없는 거야. 방심은 금물이다. 정말로 아리엔느와 결혼하고 싶다면 일생을 그녀에게 바쳐. 한 치의 양보도 하지 말아라."
"명심하겠습니다."

그다음에 했던 얘기는 세이지 스승님의 짝사랑 얘기였다. 난 애간장을 태우며 스승님의 얘기를 경청하고 있었는데, 어느새 1시간을 훌쩍 넘겨버렸다. 난 샤이나르가 언제쯤 오려나 계속해서 손목시계를 보고 있었는데… 이게 웬걸, 샤이나르가 저 멀리서 걸어오고 있었다. 몸을 흔들거리며 걸어오는 걸 보아 이미 몸 상태가 맛이 갔나 보다. 세이지 스승님이 자리에서 일어나더니 그에게 물었다.

"샤이나르, 더 뛸 수 있겠나!?"
"하아… 하아… 이제… 더는… 하아…."

… 샤이나르가 정말로 지쳤는지 풀밭까지 걸어오더니 이내 쓰러졌다. 나는 스승님의 지시에 따라 샤이나르를 업고 별장 2층으로 올라간 뒤 비스바덴과 샤이나르의 방에 들어가서 침대에 샤이나르를 눕혀

놓았다. 이에 비스바덴은 책상 의자에 앉아 책을 읽다 말고 깜짝 놀란 표정을 지으며 자리에서 일어나더니 물었다.

"페넨 형, 이게 어떻게 된 일이야?"
"샤이나르 녀석, 오늘 말썽 일으킨 벌칙으로 호숫가 3바퀴 돌기로 했는데, 1바퀴째 돌다 쓰러졌어."
"저런… 샤이나르는 내가 보살필게. 형은 방으로 들어가서 쉬어."
"그래, 수고해라."

난 방을 나온 뒤 복도를 걸어가다 내 방에 들어갔는데, 카르자야 형과 아리엔느가 방 안 침대에 나란히 앉아 있었다. 둘이서 내 쪽을 사정없이 주시한다. 어이쿠, 실례… 난 다시 바깥으로 나가려고 했는데,

"괜찮아, 들어와."

카르자야 형의 목소리에 난 다시 방 안으로 들어갔다. 둘이서 무슨 얘기 하고 있었을까? 혹시 아까 전의 청혼 얘기했으려나?

"혹시 무슨 얘기 했어?"
"너와 아리엔느에 대한 얘기."

했어, 분명 얘기했어! 아리엔느가 카르자야 형한테 얘기했어! 이렇게 창피할 수가… 근데 카르자야 형이 얘기하는 게 매우 뜻밖이었다.

"너희, 굉장히 잘 어울리는 커플이라고 생각해. 하지만 아직은 아리엔느의 나이가 어리니까 한 3~4년 뒤에 결혼하는 게 어떨까 하고 얘기해줬어."

카르자야 형이 의외의 말을 나에게 하고 있다. 결국, 나한테 양보하는 거야? 카르자야 형이 그렇게 좋아하는 아리엔느를 나한테 넘겨도 좋은 거야? 결국, 포기한 거야? 게다가 아리엔느의 얼굴은 빨간 토마토에서 다시 홍당무로 변해있었다. 날 제대로 쳐다보진 못하지만 할 말은 분명히 하였다.

"페네시스 오라버니, 들었죠? 우린 아직 결혼할 수 없어요. 저, 적어도 3~4년 뒤에 얘기해 달라구요…."
"그, 그래. 알았어. 미안했다."
"그리고 카르자야 오라버니, 잘 어울리는 커플이라고 해주셔서 감사해요."
"뭐, 뭘… 그 정도쯤이야…."

… 도대체 난 모르겠다. 카르자야 형이 아리엔느를 포기한 것인지 아닌지는 나중에 자는 시간에 물어보기로 했다.

"카르자야 형, 불 끌까?"

벌써 자정을 넘긴 시각이다. 난 형이 방 침대에 엎드려서 책을 보고 있길래 조심스레 물었다.

"꺼도 돼."

카르자야 형이 잠깐 자리에서 일어나더니 자기가 보던 책을 책상에 놔두고는 다시 침대에 누웠다. 난 형의 행동을 기다리다가 벽에 붙어 있는 스위치를 눌러 형광등을 끄고는 내 침대에 조용히 누웠고, 슬며시 기회를 봐서 형에게 물었다.

"형, 뭐 좀 물어봐도 돼?"
"뭔데?"

나는 아리엔느의 고민을 들어준 카르자야 형이 아까 내게 했던 말을 떠올리며 궁금한 점에 관해 말했다.

"형은 나와 아리엔느가 사귀는 걸 원치 않을 텐데… 아깐 왜 그런 말을 했어? 결혼은 3~4년 뒤에 하라는 얘기… 진심이야?"

그러니까, 정리하자면 카르자야 형이 결국 아리엔느를 포기한 게 아니냐는 소리다. 이에 카르자야 형은 가다듬은 목소리로 내게 아까 전 일에 대해 말했다.

"아까 아리가 말하기로 네가 결혼에 대한 말을 꺼냈다고 하면서 되게 부끄러워하더라. 한편으로는 엄청나게 기뻐하는 얼굴이었어."
"헤에… 아리엔느가 기뻐했었구나."
"하지만 잘 생각해 봐. 아리는 아직 13살이야. 결혼하기에는 너무나도 어린 나이라고. 난 그래서 아리를 위해 상식론을 꺼낸 것뿐이지, 결코 아리를 포기한 게 아니야."
"… 아직 포기 안 했구나. 안타까운걸."
"아리와 결혼할 사람은 나라니까. 몇 번을 말해야 알겠어?"
"에휴, 알았어."

카르자야 형의 신경질적인 말투에 질린 나는 곧바로 잠이 들었다.

/

"아리엔느! 우리 호숫가나 한 바퀴 돌면서 얘기하자!"

"네, 페네시스 오라버니!"

"아리엔느! 우리 2층 발코니에 가서 시원한 바람 맞으며 얘기나 하자!"

"네, 페네시스 오라버니!"

"아리엔느! 우리 체스나 한 게임 하자!"

"어머, 체스는 페네시스 오라버니가 항상 절 이기셨잖아요. 전 잘 못해서 재미없어요."

"아리엔느! 오늘 저녁엔 네가 만든 카레를 먹고 싶은데, 해줄 수 있어?"

"물론이죠! 후훗."

검술 수련도, 마법 수련도 하지 않으니 며칠간 내 모든 정신은 아리엔느에게 쏠렸다. 난 어떻게든 1분 1초라도 더 아리엔느와 있고 싶어 했고, 아리엔느도 그걸 싫어하진 않는 눈치였다. 덕분에 같이 호숫가도 돌면서 오붓한 추억을 만들고, 발코니에서 키스도 해 보고, 체스로 적당히 상대해 주면서 서로 재미도 느끼고, 아리엔느가 저녁에 만들어줄 카레도 정말 먹어보고 싶어 미치겠다. 물론 내가 이러는 동안 카르자야 형의 반격도 있었다. 그 반격의 수준이 정말 기대 이하였지만 말이다. 카르자야 형이 무언가를 결심한 듯 거실 소파에 앉아있는 아리엔느에게 다가가 말하였는데,

"아리, 우리… 호숫가 앞에서 얘기나 하지 않을래?"

"갑자기 호숫가는 왜요?"

"그, 그게… 그러니까… 아, 아냐. 됐어."

… 이런 식으로 스스로 회피하는 경우도 있었다. 카르자야 형이 아리엔느를 좋아한다고 내가 그냥 말해 줄까? 저 둘의 관계는 도저히 진전이 안 되니 말이다. 그래서 그런지 라이벌 입장인 내가 오히려 답답하다.

/

"카르자야 형, 아리엔느한테 그냥 고백해버려. 내가 분위기 잡아줄게."

나는 카르자야 형이 우리 방 침대에 누워서 아까 전 상황에 대해 곱씹고 있는 행동을 지켜보며 말했다.

"너… 그거 진심이냐?"

카르자야 형이 상체를 일으키더니 못 믿겠다는 얼굴로 내게 말했다.

"진짜로 도와줄게. 나 거짓말하는 거 아냐. 말하기 뭣하면 내가 직접 아리엔느에게 찾아가서 카르자야 형의 마음을 전달해줄까?"

내가 이렇게 자신만만한 이유는 카르자야 형이 고백을 해 봤자, 아리엔느는 날 선택할 게 너무나도 뻔하기 때문이다. 이건 남자로서의 감도 뭣도 아니고, 당연한 결과다.

"아니, 고백은 내가 한다. 난 널 믿을 수 없어."
"내가 이렇게 신뢰를 못 받는 존재였나… 난 형 도와주려고 이러는 건데."
"네가 날 도와줘서 얻는 이익이 뭐지? 넌 분명 아리엔느와 잘 돼 가고 있을 터."
"나하고 형 둘 다 아리엔느를 좋아하고 있잖아. 이제 확실히 결정지어야지. 누가 아리엔느의 신랑이 될 수 있을지를 말이야. 내가 카르자야 형에게 고백하라는 것도 이런 뜻에서 나온 말이야."
"고백이라… 그래, 고백… 조만간 해야겠지…. 페넨, 네가 아리엔느를 불러서 호숫가로 오라고 말해 줄 수 있어?"
"오, 드디어 고백하는 거야!? 나이스! 카르자야 형, 얼른 호숫가에 가 있어."

드디어 한 남자를 울릴 카운트다운이 시작되었다. 난 별장 안을 구석구석 찾아봤는데, 아리엔느는 독서실에 있었다. 독서실 자리에 앉아 열심히 책을 읽고 있던 그녀에게 카르자야 형이 호숫가에서 너와 단둘이 얘기하고 싶어한다고 얘기해 줬더니 의문을 나타내는 얼굴이 되어 있었다.

"조금 전에도 호숫가에서 얘기하자고 하셨었는데… 대체 무슨 일이 있어서 그러는 걸까요?"
"하여튼 나가 봐. 표정 보니까 중요한 얘기인가 봐."

아리엔느가 현관문을 통해 바깥으로 나갈 때, 나는 2층 발코니로 황급히 이동했다. 카르자야 형과 아리엔느가 하는 말을 듣기 위해서다.

나는 토끼의 귀와 매의 눈을 사용했다. 호숫가까지는 500m 거리도 안 되었기에 둘이서 하는 말이 잘 들렸고, 잘 보였다.

"아리, 나… 할 말이 있어."

둘은 호숫가에 나란히 앉아있었고, 카르자야 형이 먼저 분위기를 잡기 시작했다(물론 시선은 호숫가를 향해 있었다, 아직도 아리엔느를 똑바로 못 쳐다보는 카르자야 형). 아리엔느로서는 카르자야 형이 무슨 얘기를 할지 짐작이 안 되는 상황이었기에 약간 경직된 얼굴로 그를 바라보고 있었다.

"네, 뭔데요?"
"나… 사실…."
"……."
"너, 널…."
"……."
"너의 카레 요리, 좋아해. 오늘 저녁도 정말 기대된다."

푸하하하하하…. 아, 미치겠다. 카르자야 형은 오늘도 고백을 안 할 생각인가 보다. 아리엔느도 순간 긴장했던 게 느껴지는데, 카레 요리를 좋아한다는 형의 말에 긴장을 푸는 듯했다.

"아, 아하하… 그래요? 카르자야 오라버니, 근데 이런 말을 굳이 호숫가에 나와서 할 필요가 있나요?"
"아, 그러게… 내가 왜 하필 여기로 불렀지… 하하…."
"그런데, 페네시스 오라버니가 말하기로는 중요한 얘기를 할 것 같다고 말씀하셨었는데… 카르자야 오라버니, 정말로 할 말이 그것뿐이에요?"

"아, 사실은 그게… 있잖아…."

… 어라, 다시 고백할 생각이야…? 난 별장 안으로 들어가려다 다시 나와서 난간에 기대며 이야기를 들었다. 굳이 설명할 것도 없지만 카르자야 형은 여전히 아리엔느를 쳐다보질 않고 있다.

"… 좋아해."

결국, 카르자야 형이 고백했다! 정말 중요한 순간이다. 집중, 집중… 아리엔느의 반응은 어떠려나…?

"어떤 걸 좋아하는데요? 제가 백작님에게 배워서 나중에 맛있게 만들어 드릴게요."

… '좋아해'라는 의미, 그 '좋아해'가 아닌데… 아리엔느의 이 둔함은 정말이지 매력적이다. 어떻게 저렇게 말해 줘도 이해를 못 하지!?

"… 응? 아, 그래. 나중엔 스테이크 같은 거로 부탁할게."

카르자야 형이 아리엔느에게 고백하고, 아리엔느는 "전 페네시스 오라버니가 좋아요."라고 말함으로써 고백 당사자에게 큰 상처를 남겨 줄 것 같았던 이 고백 소동은 참 난감하게 마무리되었다. 나와 카르자야 형의 이 시시한 연애 싸움은 앞으로도 쭈욱 계속된다. 진심이야?

/

"후후후…"

나는 며칠간 발코니에 기댄 채 호숫가 앞에 앉아있는 카르자야 형과 아리엔느의 어디로 튈지 모르는 대화를 들으며 즐거움을 만끽하고 있었다. 그런데 갑자기 누군가가 등 뒤에서 내 어깨를 손바닥으로 툭툭 치는 것이 아닌가. 난 깜짝 놀라서 토끼의 귀와 매의 눈을 중단하고 뒤를 돌아봤는데, 누군가 했더니 비스바덴이었다.

"페넨 형, 무슨 생각 하길래 혼자 실실 웃고 있어? 내 말에 대답도 안 하고."

이때 비스바덴의 표정은 제법 진지했다.

"응? 아아, 저기 호숫가 봐봐."
"호숫가가 뭐? 카르 형이랑 아리랑 있는 게 뭐가 웃겨?"

… 그러고 보니 그러네. 정상인이라면 저쪽에서 둘이 하는 이야기가 들릴 리가 없다. 난 간단한 이유를 들며 말했다.

"아까 카르자야 형이 나보고 아리엔느한테 고백하겠다고 말했거든. 다정하게 있는 모습들이 좀 웃기길래 웃어봤어."
"그렇구나. 페넨 형… 나 물어볼 게 있어."
"뭔데?"
"나 조금 전에 형 뒤에서 페넨 형을 부르는 말을 10번 넘게 했거든.

그런데 그게 안 들렸어?"

곤란한 걸… 내가 토끼의 귀를 쓸 때는 500m 이내의 목소리를 취사 선택하여 들을 수 있지만, 그러므로 그 기술을 사용하는 동안 내 위치에서 남이 하는 목소리는 들리지 않는다. 이걸 어떻게 설명해야 납득시킬 수 있지?

"페넨 형, 또 생각 중이야? 왜 말이 없어?"
"아니, 생각하는 게 아니라…"

이번 말은 왠지 모르게 시비조로 들렸다. 내가 빡빡이 아저씨의 분신을 어떻게 가려냈는지 물어보기도 하고… 토끼의 귀나 매의 눈에 관해서 말해줘야 하나? 그런데 왜 이렇게 말해주기가 싫지? 난 비스바덴에게 이렇게 말했다.

"너도 솔직히 체스할 땐 집중하느라 남의 말이 잘 안 들리잖아? 그거랑 똑같은 이치야. 나도 생각할 땐 남의 말이 잘 안 들려."
"10번 넘게 페넨 형을 불렀는데, 그게 안 들렸다고? 난 이해할 수가 없어. 나도 잘 안 들릴 때는 있지만, 10번씩이나 날 부르는데 그걸 모르진 않아."
"비스바덴, 형이 말하면 그냥 그런 줄 알아야지."

그래도 비스바덴은 물러설 줄 몰랐다. 내 정곡을 찌르는 말들을 계속함으로써 날 궁지에 몰기 시작했고, 난 이 행동에 조금 당황스러웠다.

"저번에 아저씨의 분신들을 가려낸 것도 수상하고, 지금의 경우도 수상해. 페넨 형한테 뭔가가 있는 거지?"

"나한테 뭐가 있다고 그래?"

"… 그럼 아니야?"

"내가 뭐 신이냐? 능력이 있게? 비스바덴이 오늘따라 좀 이상하네."

"… 그래, 내가 잘못 생각한 것일 수도… 괜히 의심해서 미안."

비스바덴이 씁쓸한 표정을 짓더니 그대로 별장 안으로 들어가 버렸다. 의심을 받으니 기분이 상당히 나쁜데? 나는 스트레스를 해소하기 위해 내 방으로 가서 침대에 편하게 누워버렸다. 다른 황족들은 그렇다 쳐도, 비스바덴이 날 의심하다니… 비스바덴과 친한 사람은 세이지 스승님을 제외하면 나뿐인데, 그런데 그걸 용케 감수하고 나에게 공격적으로 물었다. 과감한걸….

"거실로 집합해라!"

어라, 이 소린… 세이지 스승님이 별장으로 돌아오셨나 보네. 난 얼른 침대에서 일어나 발코니로 나왔다. 혹시라도 카르자야 형과 아리엔느가 스승님의 외침을 못 들었을까 봐 부르려고 나온 거였는데, 호숫가 앞에는 아무도 없었다. 둘 다 별장으로 돌아왔겠거니 생각하며 난 복도를 통해 계단으로 내려갔다. 거실 소파에는 5명 모두 집합해 있었고, 아리엔느의 자리 옆이 하나 비어있길래 그곳에 앉았다. 세이지 스승님을 제외하면 가장 연장자인 카르자야 형이 물었다.

"무슨 일이에요, 스승님?"

"전에 내가 레타카의 황제 폐하께 편지를 보냈고, 그에 대한 답신이 오늘 도착했다. 얼른 레타카로 귀환하라고 적어놓으셨더군. 다들 자기 방에 가서 물건들을 챙겨 가방에 넣고 바깥으로 집합해라. 세릴 마차 정류장으로 이동한다."

예상은 했지만, 워낙 안타까운 소식에 다들 아쉬움이 가득한 얼굴이었다. 그동안 정들었던 이 별장을 떠나게 되다니… 그때 카르자야 형이 뭔가 생각난 게 있는지 세이지 스승님에게 말했다.

"사실 저희가 저번에 늑대를 때려잡은 적이 있는데, 시신들을 별장 뒤에 모아뒀습니다. 늑대의 가죽들을 벗겨서 세릴의 시장에 내다 팔고 그 돈으로 마차를 타는 건 어떨까요?"
"호오, 좋은 생각이다."

/

"자자, 쌉니다. 싸요! 늑대 가죽 하나가 단돈 1천 골드!"
"오오, 진짜 싸네?! 사야지!"

내가 세릴 시장에서 늑대 가죽 하나가 1천 골드라고 말하자마자 순식간에 다 팔렸다. 좀 더 비싸게 부를 걸 그랬나…? 난 그런 생각을 하며 집결지인 마차 정류장으로 이동하였다. 그곳에는 비스바덴, 아리엔느, 세이지 스승님이 있었다.

"페넨 형, 정말 빨리 팔렸네."

비스바덴이 기분 좋은 얼굴로 내게 말하였고, 난 웃음지으며 모은

돈 중 3천 골드를 세이지 스승님에게 건네줬다.

"근데, 카르자야 형 일행은 좀 늦나 봐요?"

카르자야 형과 샤이나르가 어디 갔느냐 하면, 샤이나르가 밤마다 이곳을 놀러 다니면서 사귀었던 친구들과 작별을 하기 위해 돌아다니는 중이라고 한다. 카르자야 형은 샤이나르의 보디가드인 셈이다. 카르자야 형이 따라붙는다면 또 예전처럼 샤이나르가 누군가에게 납치당하거나 하지는 않을 테니 말이다.

"이왕 기다리는 거 잠깐 한 군데 들렀다 와도 될까요?"

내가 말한 장소는 바로 관청의 2층, 기사단실이다. 저번에 연극을 통해 올리노프 제국의 영웅인 아이린 샤크바리와 모처럼 친분을 쌓았는데, 섭섭하게 아무 얘기도 안 하고 갈 수는 없는 노릇이다. 내가 그곳에 잠깐 다녀오겠다고 하자 비스바덴과 아리엔느도 동행하고 싶어 하는 분위기, 특히 아리엔느는 아이린 샤크바리의 팬이라고 자처한다. 우리의 이런 부탁에 세이지 스승님은 두 손 두 발 다 들었다. 그저 얼른 갔다 오라고 말하였고, 우리는 서둘러 움직였다.

"충성! 근무 중 이상 무!"

관청 앞을 지키던 병사 둘은 관청에 들르는 게 어느새 일상이 되어 버린 나를 보더니 금세 알아보고 경례를 한다.

"혹시 지금 아이린 샤크바리 대위가 2층 기사단실에 있나요?"
"예, 그렇습니다."

"다행이네. 들어가자, 얘들아."

아이린 샤크바리와 다시 만날 생각을 하니 이 두근거림을 참을 수가 없다. 난 앞장서서 관청에 들어갔다.

/

우리가 관청에 들른 이유는 오직 아이린 샤크바리를 만나기 위한 것, 2층으로 올라가니 예전에 그가 말했듯이 정말로 기사단실이 있었다. 문이 열려있길래 그대로 들어갔는데 안에는 아무도 없었다. 기사단실이라고 해서 뭔가가 있을 줄 알았건만, 그저 적당한 크기의 방에 중앙에는 소파들이 탁자를 사이에 두며 서로 마주 보고 있었고, 가장 뒤편에는 갑옷 하나와 긴 창 하나가 벽에 매달려 있었고, 그 외 여러 평상복이 옷걸이장에 걸려 있을 뿐이었다.

"아까 병사가 말하기로 여기에 있을 거라고 했는데…."

난 방안을 훑어보며 혼자 중얼거렸고,

"금방 오겠지. 우선 앉아 있자."

비스바덴이 먼저 소파에 다가가 자리에 앉으며 말했다. 뭐, 그렇겠지…? 난 이런 생각을 하며 아리엔느와 함께 비스바덴과 같은 소파에 앉았다. 아리엔느는 아까부터 굉장히 들떠 있는 표정을 지으며 비스바덴에게 물었다.

"비스바덴 오라버니, 샤크바리 님은 어떻게 생기셨나요? 잘생기셨
나요?"
"응, 아주 잘생겼어."
"와아, 정말이에요?"
"남자인 내가 봐도 잘생겼다고 느껴질 정도던데? 키도 엄청나게 크
고. 안 그래, 페넨 형?"

어허, 조용하지 못할까?! 난 이제 와서 아리엔느를 괜히 데리고 왔단
생각이 들었다. 아리엔느가 나보다 잘생긴 사람을 보고 첫눈에 반하
게 되면 정말 낭패다. 그런데 그때, 문 쪽에서 발걸음 소리가 들리더니
누군가가 안으로 들어왔다. 예전에 연극을 할 때 이후로 만난 적은 없
지만, 너무나도 잘생긴 인상이었기에 잊히지 않는 얼굴, 아이린 샤크
바리였다. 우린 자리에서 일어나 그를 향해 몸을 돌렸는데, 그는 잠깐
놀란 얼굴을 하다 무언가를 떠올린 듯 말했다.

"아, 아아…. 누군가 했더니 페네시스 님과 비스바덴 님이시군요. 잠
시 화장실에 들르느라 자리를 비웠었습니다."
"안녕하세요, 샤크바리 대위."

나는 간단히 인사하고 샤크바리와 악수를 했다. 이어서 비스바덴과
도 악수한 샤크바리는 내 뒤에서 조심스럽게 걸어 나온 여성을 주목
했다. 그녀는 샤크바리가 자신의 정체를 물을 것으로 예상하여 먼저
말했다.

"제5 황위 계승자, 올리노프 아리엔느예요."

"오오, 올리노프 아리엔느 님… 만나서 영광입니다. 소문대로 너무나도 아름다우시군요."

"샤크바리 대위님이야말로 너무 잘 생기셨어요. 후훗…."

나보다도 잘생긴 사람을 만나서 그런가? 아리엔느의 볼은 이미 빨갛게 달아올라 있는 상태다. 샤크바리가 내 미래의 배우자가 될 사람, 그것도 황녀를 넘볼 리는 없지만, 아리엔느가 막무가내로 "저 이 사람과 결혼하겠어요!" 같이 나온다면 큰일이다. 그것만은 반드시 막아야 한다.

"샤크바리 대위, 저희는 곧 세릴을 떠납니다. 레타카로 갈 거예요."

우리의 반대편 소파에 앉은 샤크바리는 이미 우리가 가방을 메고 있는 것을 보고 눈치를 챈 듯싶었고, 내가 하는 말에 수긍하는 분위기였다. 오히려 끄덕거리며 자신의 생각을 털어놓았다.

"최근에 일어난 사건 때문이군요."

"알고 계셨습니까?"

"검은 복면, 검은 타이즈의 사람들이 황족분들을 납치하려 했다는 소식은 관청장으로부터 상세히 들었습니다. 관청장에게 물어볼 게 있다면 제게 물어보셔도 좋습니다."

"저희가 위기에서 벗어났을 때 관청으로 와서 신고를 했었는데, 그 이후에 어떻게 됐습니까?"

"관청장이 5분 대기조와 함께 조르디 펠리 명의로 되어 있는 원룸 집을 수색했는데, 이미 그곳을 떠났는지 중요 물품들은 하나도 없었습니다. 창고에는 페네시스 님이 죽였던 조르디 펠리의 시신이 온전히 남아 있었고, 그의 일행인 틸피츠 오브와 트로젠 리스는 당시 명령 하달이 안 됐던 동문을 통해 황급히 세릴을 빠져나갔다고 합니다.”

“그렇군요….”

“그 둘을 생포하지 못했기에 그들이 어느 집단인지는 알 길이 없지만, 한 가지 확실한 건 아까도 말했듯 그들은 동문으로 도망쳤다는 것입니다. 그것으로 추측해볼 때 그들의 집단의 본거지는 올리노프 제국의 동쪽 영토나, 극동의 페일로즈 왕국에 있을 가능성이 가장 큽니다. 이미 수색은 진행 중입니다만, 차후에 또 같은 집단의 녀석들이 와서 황족분들을 대상으로 범행을 저지를 수도 있으므로, 지금은 수도 레타카로 돌아가시는 게 가장 좋은 수단 같다고 여겨지는군요. 잘 생각하셨습니다.”

“반드시 그 집단의 정체를 밝혀내 주시길 바랍니다.”

“믿고 맡겨주십시오.”

올리노프의 영웅인 사람이 믿고 맡겨달라고 하니 굉장히 든든하다. 내가 궁금했던 점들을 모두 얘기해주니 더는 할 말이 없었다. 다음은 비스바덴 차례다.

“샤크바리 대위님, 전부터 궁금했던 건데요. 연극 실력은 언제 그렇게 키우신 건가요? 대단하시네요.”

그러고 보니, 그 점은 나도 매우 궁금한데? 마침 비스바덴이 잘 말해주었다. 이에 샤크바리는 잠깐 생각을 하더니 우리에게 말했다.

“연극은 어릴 때부터 저에게 있어서 또 하나의 꿈이었습니다. 지금은 전시 상황이 아닌 데다 연극 내용에는 제가 나오니 반강제로 꿈을 이루고 있지요.”

“샤크바리 대위님은 혹시 여자친구나 배우자가 있으세요?”

진지한 얘기를 하다가 갑자기 대화를 이렇게 삼천포로 빠뜨리는 장난꾸러기 같은 아리엔느… 난 순간 눈을 번뜩였다. 굉장히 속 보이는 말이었지만 샤크바리는 가볍게 웃고는 순순히 대답해주었다.

"아뇨, 없습니다."
"혹시 이상형이 뭐예요?"
"저는 금발 긴 생머리에 얼굴이 예쁘고, 나이는 저보다 어리고, 키가 작으며 마음씨가 고운 여성을 선호합니다."

… 저거 분명히 아리엔느를 보면서 한 얘기다. 아리엔느는 아마 속으로 나이스를 외치고 있을 것이다. 모든 조건에 다 해당하기 때문이다. 이대로 놔두면 둘이서 또 무슨 말들이 오갈지 짐작이 안 된다. 대화를 여기서 끊어야 한다.

"어쨌든 잘 알겠습니다, 샤크바리 대위. 인제 그만 일어나보도록 하겠습니다."

나는 때아닌 마무리 멘트를 날리면서 아리엔느가 더는 샤크바리와 얘기하지 못하도록 방해했다.

"페네시스 오라버니, 벌써 가요?"
"스승님이 기다리시잖아. 오래 있을 생각은 없었어."
"그건 그렇지만… 너무 일찍 일어나시는 거 아니에요? 아직 할 얘기도 더 있는데…."

나도 좀 더 있고 싶은데, 네가 샤크바리에게 빠질 것 같아서 말이지…. 난 양손으로 비스바덴과 아리엔느의 팔을 붙잡으며 같이 일어서고선 말했다.

"자, 그럼 가보겠습니다. 샤크바리 대위. 기회 되면 다음에 또 봬요."
"예, 안녕히 가시길 바랍니다."

우리가 관청을 나와 마차 정류장을 향해 걷고 있는 와중에 아리엔느의 투정이 매우 지독했다. 자기가 그토록 보고 싶어 했던 아이린 샤크바리를 만난 지 얼마 되지도 않았는데 왜 나왔냐는 둥, 이럴 거면 관청에 왜 갔냐는 둥, 하여튼 가지가지였다. 나는 침묵을 지키고 앞만 보고 가면서 아리엔느의 말을 무시하다가 도저히 못 버티고 결국 입을 열었다.

"네가 샤크바리 대위에게 빠질까 봐, 질투 나서 그랬어."
"어머… 그래요?"
"솔직히 말해봐. 샤크바리 대위가 잘생겨서 마음에 쏙 들었지? 아까 보니까 얼굴도 빨개졌더만. 이상형 물어보기나 하고."
"그, 그건 처음으로 영웅을 만나니까 수줍어서 빨개진 거예요! 그분이 좋아서 이상형을 물어본 건 결코 아니었어요. 제가 페네시스 오라버니를 좋아하는 것도 잘 아시면서…."

아리엔느가 내게 하는 말 중에 거짓말은 없다… 그걸 생각해 볼 때 지금 하는 말들은 정말 진심인 듯하다. 단순히 내가 착각한 거였나…? 그때, 비스바덴이 우리의 대화에 끼어들며 말했다.

"아리, 난 페넨 형의 마음이 이해가 돼. 네가 페넨 형을 좋아한다곤 말하지만, 페넨 형 앞에서 나한테 샤크바리 대위님이 잘생긴 걸 물어보는 행동은 좀 아니었어."

"그런가요… 죄송해요, 페네시스 오라버니."

"아, 아냐. 생각해 보니 나도 너무 앞서나간 것 같다. 나야말로 미안해."

그런 얘기들을 주고받고 하는 사이에 우리는 세이지 스승님이 계시는 마차 정류장에 도착했다. 친구들과 작별하기 위해 이리저리 움직였던 카르자야 형과 샤이나르도 이미 돌아온 듯하다. 마차는 2인승, 우리는 스승님의 제비뽑기 결과에 따라 나와 샤이나르가 첫 마차에 타고, 두 번째 마차에는 카르자야 형과 비스바덴, 세 번째 마차에는 아리엔느와 세이지 스승님이 타게 되었다. 그렇게 우리는 마차를 타고 수도 레타카를 향해 이동했다.

/

샤이나르와 함께 마차에 탑승하고 2시간 정도 이동했는데, 앞으로 2시간을 더 가야 한다. 대낮인데도 불구하고 어두운 숲 속 길을 지나고 있어서 그런지 매우 졸리다. 하지만 그렇다고 해서 잠을 자기엔 워낙 마땅치 않았기에 눕진 못하고 앉아있었는데, 그때 옆에서 샤이나르의 목소리가 들려왔다.

"페넨 형."

"… 응?"

"형은 나에 대해서 어떻게 생각해?"

"어떻게 생각하냐니…."

딱히 평소에 샤이나르를 두고 별생각을 하진 않았었던 나였지만, 내게 하는 말을 통해 샤이나르의 속내를 짐작할 수 있었다. 내가 바라본 샤이나르의 모습은 진지함 그 자체였다.

"말 그대로야. 평가 좀 해줘."
"음… 포장된 얘기를 원해, 아니면 솔직한 얘기를 원해?"
"솔직한 얘기."
"솔직한 얘기라… 전체적으로 봤을 때 형편없지. 검술을 잘하는 것도 아니고, 마법을 잘 쓰는 것도 아니고. 머리가 좋은 것도 아니고."
"……."
"체력 저질에 약속도 잘 안 지키고 세릴에 놀러 가질 않나, 두 번씩이나 괴한에게 인질로 붙잡혀서 민폐 끼치지 않나."
"역시… 남이 볼 땐 그렇게밖에 안 보이나. 나 자신이."

샤이나르가 그새 풀이 죽은 듯 심각한 표정을 지으며 말했다.

"페넨 형은 이런 내가 싫지?"

갑자기 무슨 뚱딴지같은 소리야… 내 말이 너무 심했나?

"아니, 싫지 않아."
"… 왜? 형도 알다시피 나는 문제만 일으키고 다니잖아. 그런데 왜 싫지 않아?"
"나의 몇 안 되는 동생이니까."
"……."
"이유는 이거 하나뿐이야. 단지 네가 내 동생이기 때문에, 난 위기 때마다 너를 구하려 했어."

"… 내가 정말 좋은 형을 뒀네. 만약 카르 형이나 비스 형이었다면 분명 이런 식으로 말해주지 않았을 거야."

"다만 아쉬운 게 있다면, 넌 노력하질 않는다는 거야. 이 점은 스스로 인지하고 있지?"

"맞아."

샤이나르가 내 말에 맞장구를 쳐주며 계속해서 말했다.

"내가 만약 황족이 아니었다면 이렇게 노는 걸 좋아하지도 않았을 거야. 황족이니까 노는 거지. 어차피 차기 황제는 내가 아닌 게 뻔하니까 굳이 노력하지 않는 거야. 카르 형, 페넨 형, 비스 형이 내 상대인데 어떻게 황제 자리를 넘봐? 불가능하지."

"하지만 위대하신 아버지는 너의 그런 점을 고치기 위해 너까지 포함해 별장 생활을 하도록 지시를 내린 거야. 알고는 있었어?"

"알지. 하지만 검술이나 마법이나, 둘 다 내 적성에 맞지 않는 걸 어떡해."

"적성이라… 그래, 그럴 수도 있겠지. 넌 어쩌면 싸움 체질이 아닌 걸지도 몰라. 다른 무언가가 잠재되어 있을지도. 하지만 그게 무엇인지는 나도 잘 모르겠다."

난 저절로 한숨이 나왔다. 솔직히 말해주다가 어느 순간 포장된 얘기를 하는 내가 한심했기 때문이다. 그런 게 있을 리가 없는데 말이지….

"어쨌든 솔직하게 말해줘서 고마워, 페넨 형."

이렇게 말해줘도 안 변할 거면서… 한편, 우리가 타는 마차 뒤를 따라오는 B 마차와 C 마차가 있었는데, 그중 B 마차의 분위기는 매우 살벌했다. 이런 분위기를 만든 것은 전적으로 카르자야 형이었다.

"카르 형, 저기…."
"시끄러."

이것이 발단이었다. 비스바덴이 마차 안의 엄숙한 분위기를 깨보려고 말을 거는 순간, 카르자야 형이 강한 거부 반응을 보인 것이다. 카르자야 형과 비스바덴은 그 이후로부터 각자 자기 옆에 붙어있는 창문만 바라보며 대화하기를 피했다. 참 어지간히도 사이가 나빠야지….

"카, 카르자야 오라버니가 절 좋아한다고요!?"

그리고 문제의 C 마차, 세이지 스승님으로부터 심상치 않은 정보를 얻은 아리엔느는 놀라움을 감추질 못했고, 세이지 스승님은 그 놀라움을 즐기는 얼굴이었다.

"카르자야에게 직접 들은 얘기는 아니지만, 내가 생각할 땐 그렇다."
"말도 안 돼요. 카르자야 오라버니는 제가 페네시스 오라버니를 좋아한다는 사실을 알고 있어요. 그런데도 저를 좋아한다니…."
"나중에 한번 슬쩍 확인해보도록."
"알았어요."

우리가 탄 마차들이 레타카 황궁 입구 앞에 멈춰 섰고, 우리는 세이지 스승님과 카르자야 형을 선두로 2열 종대가 되어 궁전 안으로 들어갔다. 1층 황제 알현실 바깥에서 순번을 기다리다 차례가 돌아오자 우리는 대열을 유지하며 입장했는데, 양쪽에는 신하들이 줄지어 서 있었고, 우리의 정면에는 용상에 앉아있는 올리노프의 황제, 아버지가 계셨다. 왠지 모르게 여기에만 들어오면 긴장되더라. 우리는 무릎을 꿇으며 경례하였고, 우리 중에 가장 연장자인 세이지 스승님이 보고하였다.

"위대하신 카시우스 황제 폐하, 네트라 세이지 백작 외 5명, 무사히 레타카로 돌아왔습니다."
"모두 일어나도 좋다."

우리는 그 목소리를 듣고 일어섰는데, 어느샌가 아버지가 우리 앞에 다가와 있었고, 앞에서부터 차례대로 한 명씩 어깨에 손을 올리며 말을 걸었다.

"세이지 백작, 내 아이들을 가르치는데 참 고생이 많았소."
"아, 아닙니다. 저도 가르치면서 배운 게 많았습니다. 앞으로도 정진하겠습니다."
"카르자야, 너는 무엇을 배웠느냐?"
"올리노프 가문의 장남으로서 저보다 어린아이들을 더 챙겨줘야겠다는 마음씨를 배웠고, 누구에게도 뒤지지 않을 정도로 제 검술을 한층 더 발전시켰습니다."
"페네시스, 너는 무엇을 배웠느냐?"
"저도 카르자야 형과 같이 검술을 배워 실력이 일취월장하였고, 착해 보이는 사람이 나쁜 짓을 할 수도 있다는 것을 배웠습니다."
"비스바덴, 너는 무엇을 배웠느냐?"
"서민 체험을 하면서 하위 계층이 살아가는 법을 몸소 익혔고, 검술은 비록 미약하지만, 마법 부문에서 큰 진전을 보여 중 하급 마법사 시험에도 합격하고, 몬스터나 사람을 상대로 마법을 실전화하였습니다."

"샤이나르, 너는 무엇을 배웠느냐?"

"저 하나 때문에 다른 사람들이 같이 피해를 볼 수도 있다는 사실을 깨달았습니다."

"아리엔느, 검은 복면 얘기는 들어서 알고 있다. 무사하니 다행이구나."

"걱정해주셔서 감사합니다."

얘기가 끝나고 아버지는 다시 용상으로 돌아가셨다. 자리에 앉으시더니 여기에 오느라 힘들었을 테니 그만 들어가서 쉬라고 명령하셨다. 우리는 재차 경례한 뒤 황제 알현실을 빠져나왔다.

"자, 그럼 작별이다."

우리 황족들은 황궁 안에서 살지만, 세이지 스승님은 황궁 바깥에 위치한 저택에 살고 계신다. 우리는 황궁 정문까지 나가 배웅하였다.

"그동안 정말 고마웠습니다."

카르자야 형이 한마디 하자 세이지 스승님이 가벼운 미소를 지으며 말했다.

"그래, 조만간 사교계 모임에서 보도록 하지."

우리는 세이지 스승님을 떠나보낸 후, 5층으로 올라가 각자 방으로 들어갔다. 아아, 드디어 내 방에 왔다. 감회가 정말 새로운걸? 4시간 동안 마차에 타고 세릴에서 레타카까지 오느라 온몸의 뻐근함이 장난이 아니다. 난 우선 한숨 자야겠다고 생각했다. 침대에 뻗자마자 그대로 눈이 감겼다.

"잠깐 누웠을 뿐인데, 벌써부터 아리엔느가 보고 싶어⋯."

사랑의 나침반

"오라버니! 페네시스 오라버니!"

아, 이제 막 낮잠이 들 참이었는데… 내 방으로 무단침입한 아리엔느가 침대에 누워있는 내 몸을 흔들며 필사적으로 깨우자, 나는 어쩔 수 없이 상체를 일으키며 하품을 하고는 날 깨운 이유를 물었다.

"그, 그게 있잖아요… 카르자야 오라버니가 저를 좋아하는 것 같다고 세이지 백작님이 알려주셨어요!"

뭣이라…? 스승님이 전에 나한테도 그 얘기를 하시더니 결국 아리엔느에게도 알려줬나 보군. 현재 아리엔느는 굉장히 난처하다는 듯한 표정을 하고 있었다. 아리엔느가 이런 사실을 나한테 알려주는 이유는 뻔했다.

"저… 어떡하죠? 저는 페네시스 오라버니를 좋아하는데…"

내게 도움을 바라는 그녀는 정말 절실해 보였고, 나는 그런 아리엔느를 모른 척할 수는 없었다. 난 머릿속에 떠오르는 대로 그녀에게 말했다.

"그 말을 듣고 카르자야 형한테 찾아가서 얘기했어?"

"당연히 안 했죠! 이 얘길 직접 어떻게 말해요, 부끄럽게…."

"100% 너를 좋아하고 있다고 얘기해주셨어?"

"아뇨, 카르자야 오라버니에게 직접 들은 얘기는 아니고… 자신의 생각이 그렇대요."

"흐음… 그럼 확실하지는 않은 거네."

"그, 그런 걸까요…?"

카르자야 형의 마음을 아주 잘 알고 있는 나였지만, 아무것도 모르는 척하며 아리엔느의 말에 제대로 대응해나갔다. 아리엔느는 내 말을 듣더니 긴가민가하며 고민에 빠졌다. 그러다 문득 좋은 묘책이 떠올랐는지 "아!" 하며 다시 내게 시선을 고정하고 말했다.

"페네시스 오라버니가 직접 찾아가서 정말로 절 좋아하는지 물어봐주시면 안 돼요?"

"내가?"

"네. 페네시스 오라버니에게는 진실을 말해줄 것 같아서요."

"뭐, 좋아. 알았어. 가보자고."

지금은 장단을 맞춰주도록 할까… 나는 아리엔느를 따라 방 바깥 복도로 나왔다. 여기 5층은 황족들이 머무르는 방들로 구성되어 있으며, 복도 맨 끝에서부터 아버지의 방, 어머니의 방, 그리고 나이순대로 황태자와 황녀의 방이 있다. 그러므로 카르자야 형의 방은 바로 옆 방이다.

"그러고 보니 아리엔느, 어머니께는 인사드렸니?"

"네. 방에 계세요."

"음, 그렇구나… 하여튼 여기서 기다려."
"네."

나는 카르자야 형의 방에 노크하고 들어간 뒤, 문을 닫았다. 형은 아까 전의 나와 너무나도 비슷하게 자기 침대에 대 자로 편안히 누워있는 상태였는데, 내가 방에 들어오자 몸을 옆으로 돌려 내 쪽을 바라보았다. 형은 굉장히 졸려 보이는 얼굴을 하고 있었고, 나는 장난기 어린 목소리로 말했다.

"형, 좋은 소식이 하나 있어."
"뭔데?"
"아니, 이걸 좋은 소식이라고 말해야 하나? 형의 생각에 달렸네."
"뭔데, 말해봐."

난 세이지 스승님이 마차에서 아리엔느에게 내뱉은 말을 그대로 형에게 전해주었고, 카르자야 형의 눈이 순간 번뜩였다. 내가 하는 말에 금세 잠이 달아난 모양이다.

"이, 이걸 어째… 그런데 스승님은 내가 아리엔느를 좋아하는 걸 어떻게 알고 있었지?"

카르자야 형이 몸을 일으켜 침대에 앉더니 식은땀을 흘리며 그렇게 말하였고,

"아리엔느가 나보고 형의 진심이 어떠한지 대신 물어봐 달라고 했어. 자, 어떻게 전해줄까?"

난 마치 협박범이라도 된 마냥 카르자야 형을 압박했다. 카르자야 형은 장고에 빠졌다. 고개를 낮추며 정말 진지하게 고민을 하더니 생각이 정리된 듯 다시 고개를 들고는 내게 말했다.

　"좋아한다는 사실을 알려주면, 분명… 너무 부끄러워서 말도 제대로 못 할지도 몰라."
　"그러게 저번에 호숫가에서 고백을 확실히 했어야지."
　"… 우선, 좋아하지 않는다고 전해줘."
　"진심이야?"
　"그래. 난 아직 마음의 준비가 되지 않았다. 고백하더라도 나중에 고백하겠어."

　난 카르자야 형이 이번을 계기로 확실히 고백할 줄 알았는데, 의외란 생각이 들었다. 이번에 고백을 안 하면 또 언제 타이밍이 생겨날지도 모르는데… 아니, 고백하기도 전에 내가 먼저 아리엔느와 결혼하는 거 아냐?

　"알았어. 아, 그리고 카르자야 형. 우리 어머니께 안 찾아갈 거야? 지금 방에 계신다는데."
　"우리가 언제부터 어머니를 생각했다고 그래?"
　"하긴, 그렇긴 한데… 하하하하."

　우리를 낳아주신 어머니, 올리노프 키리카에는 비스바덴과 아리엔느밖에 모르는 바보다. 항상 보면 비스바덴과 아리엔느만 챙겨준다. 효도를 우선시하는 그 둘이 자기 마음에 쏙 드나 보다. 위대하신 아버지는 국정 일을 다스리느라 우리의 곁에 있을 시간이 별로 없었지만, 밤마다 우리를 방에 부른 뒤 여러 가지 얘기를 해주셔서 정말 좋았는데, 어머니는…. 하여튼 난 이런 편중적인 어머니가 마음에 안 든다.

이런 생각은 나뿐만이 아니다. 카르자야 형이나 샤이나르도 이런 생각을 하고 있다. 그래서 우리 셋은 황궁에 있는 시간이 드물었고, 항상 나가서 놀았다. 어린 시절에는 놀이터에서 서민의 자식들과 같이 놀고, 나이가 들어서는 술집에 들러 술이나 마시며 인생을 한탄했다.

참고로 카르자야, 페네시스, 비스바덴, 샤이나르, 아리엔느란 이름을 지은 것은 아버지가 아닌 어머니다. 나도 개인적으로 페네시스란 이름은 참으로 만족스럽다. 고마운 건 단지 그것밖에 없다. 날 둘째로 낳아주신 것에 대해서는 불만족이다. 기왕 낳아주려면 첫째로 낳아주지… 카르자야 형은 장남이고, 비스바덴은 워낙 총명해서 아버지와 어머니, 그리고 신하들 사이에서 차기 황제로 이 두 인원이 거론되곤 하는데, 나는 항상 논의 밖이다. 하지만 뭔가 특출나게 잘하는 게 있는 것도 아니라서 이에 대해 뭐라 말할 수는 없는 노릇이라 참으로 골치 아프다.

"음?"

호랑이도 제 말 하면 온다더니, 방문이 노크도 없이 열렸고, 나름 우아하게 차려입으신 어머니와 복도에서 기다리고 있었던 아리엔느가 같이 들어왔다. 어머니는 들어오자마자 우릴 야단치는 데 온 힘을 기울였다.

"너희들, 레타카에 왔으면 왔다고 내 방에 얼굴이라도 비치고 갈 것이지, 안 오는 건 또 뭐니? 엄마가 먼저 움직여야겠어!? 그리고 샤이나르 이 녀석은 또 어디로 간 거야? 방에도 없더만."

어머니가 말씀하시길, 비스바덴과 아리엔느는 안부를 물으러 자기 방에 들렀었다고 한다. 그 반면에 우리는 그러질 않았으니 혼나는 게 당연하다며 투덜댔다. 하아, 10분 동안 이렇게 잔소리를 듣느니 어머니의 방에 찾아갈 걸 그랬나… 내심 후회가 된다.

난 그 설교를 지겹도록 듣곤 아리엔느와 함께 카르자야 형의 방에서 나가 내 방으로 이동했다. 문을 닫은 아리엔느가 호기심 가득한 눈빛을 하며 내게 물었다.

"카르자야 오라버니가 뭐라고 하던가요?"
"좋아하지만, 좋아하지 않는다고 전해 달래."
"어, 어머나….

에라, 모르겠다. 난 있는 그대로의 사실을 아리엔느에게 말해버렸다. 이걸 뒤통수친다고 표현하던가? 내 말에 아리엔느는 어찌할 줄 모르는 얼굴이 되었는데, 그 모습이 굉장히 귀엽게 느껴졌다. 아리엔느가 내게 물었다.

"어, 어떡하죠….
"그냥 평상시 그대로 대해. 카르자야 형도 지금 고백할 생각은 없는 것 같으니까."
"평상시 그대로 대하기엔 제가 부담스럽죠. 상대방의 생각을 알고 있으니까요….
"음, 그렇다면… 카르자야 형에게 너의 생각을 표현해봐. '저는 페네시스 오라버니를 좋아합니다'라고. 분명 카르자야 형도 너에게 좋은 반응을 보여줄 거야. 아아, 맨정신으론 안 되겠지? 곧 있으면 사교계 모임이 열리니까 그때 술의 힘을 빌려서 해보는 게 어때?"
"그게… 좋겠죠?"

"응, 그러니까 마음의 준비 하고 있어. 알겠지?"

"네, 페네시스 오라버니!"

이게… 잘 돼 가고 있는 것인지는 모르겠다. 에라, 모르겠다! 나는 내 방에 들어가서 낮잠을 즐기기로 했다. 될 대로 되라지!

/

저녁 시간이 되었다. 황궁 식당은 2층에 두 군데가 있는데, 하나는 병사들과 귀족들이 이용하는 식당이고, 다른 하나는 황족들이 이용하는 식당이다. 우리 가족을 제외한 황족들, 즉 친척들은 올리노프 제국의 지방으로 각자 파견을 가서 한 자리씩 도맡아 다스리고 있기에, 우리 가족들은 평소 같은 경우 사방에 널려있는 8개의 원형 테이블들을 제외하고, 식당 중앙의 한 원형 테이블을 이용한다. 원형 테이블마다 8명가량 앉을 수 있게 되어 있기 때문에 우리 가족 전원이 한 테이블에 앉아서 식사하는 것이 가능하다.

요리는 황궁 요리사들이 알아서 해주기에 어머니가 따로 나설 필요도 없다. 우린 그저 음식이 나오는 대로 받아먹으면 그만이다. 시녀들이 식당 안으로 들어오더니 접시들을 차례로 대령했다. 오늘 저녁 메뉴는 스파게티와 수프로군. 정말이지 최상의 조합이다.

우리 가족끼리의 식사는 거의 3~4개월 만인 것 같은데, 그래서 그런지 기분이 너무나도 들떠서 좋다. 다만 안타까운 것은 샤이나르가 친구를 만나러 외출을 한 덕에 자리가 하나 비워졌다는 것. 그러나 나는 크게 신경 쓰지 않고 쩝쩝거리며 맛있게 스파게티를 먹어댔다. 오늘 저녁 식사의 얘깃거리는 당연하게도 샤이나르였다. 어머니가 반대편에서 식사하고 있는 아버지에게 투정을 부리기 시작했다.

"여보, 당신이 샤이나르 좀 혼내봐요. 황궁으로 귀환했으면서 저한테 찾아오지도 않고 친구 만나러 나간 거 있죠?"
"허허… 그건 확실히 문제가 있군."
"꼭 혼내주세요, 약속이에요?"
"알았소. 샤이나르가 돌아오면 그렇게 하도록 하지."

음식을 먹고 있는 와중에 자꾸 옆쪽으로 눈길이 간다. 아리엔느 쪽이다. 내 옆자리에 앉은 그녀는 포크를 쥐고 있긴 한데, 음식을 먹는 동작을 멈춘 상태다. 스파게티가 별로 맛이 없나…? 배불러서 그런 걸지도 모른다고 생각해봤지만, 자세히 보니 스파게티에 손도 안 댔다. 나는 아리엔느에게 물어봤다.

"아리엔느, 스파게티 먹기 싫어?"
"오늘따라 먹고 싶지가 않네요… 아버님, 어머님. 먼저 일어나봐도 될까요?"

아리엔느가 부모님에게 양해를 구하더니 자리에서 일어나 식당을 빠져나갔다. 평소엔 잘만 먹던 아이가 먹고 싶지 않다며 자리에서 일어나다니… 이에 모두가 의아해하는 표정을 지었다. 나는 무심코 카르자야 형을 쳐다봤는데, 카르자야 형도 그런 나를 주시하고 있었다. 서로의 눈빛이 교차한 상황, 서로 무언의 메시지를 나눈 우린 그때부터 음식을 빨리 먹기 시작했다.

"아, 진짜 맛있다. 잘 먹었습니다. 먼저 일어날게요."

나는 그렇게 말하고는 나와 비슷한 시간대에 음식을 동낸 카르자야 형과 같이 식당 바깥으로 나와 5층 카르자야 형의 방에 들어갔다. 카르자야 형이 방문을 닫자마자 내게 다급히 물었다.

"페넨, 아리 갑자기 왜 저래?"
"음, 글쎄… 난 잘 모르겠는걸."
"내가 아리를 좋아하지 않는다는 말을 너를 통해 전하자마자 풀이 죽었어. 그렇다는 건…."
"……."
"실은 아리가 나를 좋아하고 있었다는 건가?!"

자, 잠깐만… 어떻게 하면 그런 해석을 할 수가 있는 거지!? 카르자야 형의 입장으로 생각해봐도 이해가 안 된다. 이거, 점점 우스운 상황이 되어가는데?

"그, 그럴지도… 아하하…."

하지만 난 예의상 카르자야 형의 말에 호응해주었다.

"아, 이거 어쩌지… 내가 먼저 고백해야 하나!? 하하하!"

카르자야 형은 즐거운 상상을 하며 푹신푹신한 침대에 눕더니 이리 저리 뒹굴었다. 생애 처음으로 카르자야 형의 신나는 모습을 보고 있는 나였다. 이렇게 좋아할 줄이야… 내가 그녀를 포기한다면 카르자야 형은 정말 행복해질 것 같다는 생각이 들었다. 물론 양보할 생각은 추호도 없지만.

"형, 되게 기분 좋아 보인다."
"당연하지! 아리가 날 좋아하는데! 아리가 날 좋아하는데! 유후~"

이제는 침대에서 뒹구는 거로도 모자라 침대 위에 서서 마구 점프질을 하기 시작했다. 난 신나서 어찌할 줄 모르는 카르자야 형을 뒤로하고, 방에서 나와 아리엔느의 방문 앞까지 다가갔다. 노크하자 "들어오세요." 소리가 들려 문을 열고 들어갔더니, 아리엔느가 침대에 걸터앉아 있는 광경이 눈에 포착되었고, 그녀는 여전히 기운 없는 표정을 짓고 있었다. 난 그녀의 옆에 앉아서 이것저것 물었다.

"배고팠을 텐데 스파게티 좀 먹어보지, 별로 안 땡겼어?"
"먹고 싶지가 않았어요. 머릿속이 혼란스러워서…."
"카르자야 형 때문이야?"
"네, 맞아요."

역시 그렇군… 나중에 자신이 하는 말을 듣고 충격받게 될 카르자야형을 생각하니 기운 없을 만도 하다. 나는 소지하고 있는 정보를 흘리기로 마음먹었다.

"카르자야 형이 너의 그런 기운 없는 모습 보고 어떻게 생각한 지 알아? '아리엔느가 자길 좋아하고 있었구나'라고 말하더라고."
"네!? 어떻게 하면 그런 쪽으로 생각할 수가 있죠?"
"내 말이…."
"하아…."

아리엔느가 큰 한숨을 쉬더니 옆에 있던 내 오른쪽 어깨에 머리를 기댔다. 그녀는 푸념하듯 내게 말했다.

"저 이렇게 마음 아픈 적은 처음이에요… 전 단지 페네시스 오라버니를 사랑할 뿐인데, 왜 제 마음이 아파야만 하는 거죠?"
"그래. 정말 마음이 매우 아프겠구나, 너는…"
"사교계 모임이 있는 날… 그때 제가 카르자야 오라버니에게 말을 제대로 할 수 있을까요? 계속 걱정이 돼요."
"너라면 할 수 있어. 걱정하지 않아도 돼."
"정말요?"
"응, 그러니까 너무 깊게 생각하지 말고… 지금은 침대에 좀 누워서 쉬고 있어. 그게 좋겠다."
"… 알았어요. 모처럼 페네시스 오라버니가 하시는 말씀이니깐, 따를 게요."

내 장난이 너무 짓궂었나…? 아리엔느의 방을 나오니 그런 생각부터 들었다. 말을 전달하는 과정에서 내가 카르자야 형의 마음을 아리엔느에게 그대로 노출해버렸는데, 한쪽은 완전히 신났고, 다른 한쪽은 완전히 풀 죽었고… 무엇보다 내가 사랑하는 아리엔느가 이렇게 힘들어할 줄 몰랐다. 하지만 이렇게 하지 않으면 나와 카르자야 형의 사랑싸움은 영원히 끝나지 않을 것이다. 슬슬 결착을 지어야만 한다. 미안하다, 아리엔느. 나 때문에 마음고생이 심하구나.

"페넨 형, 들어가도 돼?"

내 방으로 돌아간 나는 침대에 누워서 여러모로 생각을 정리 중이었는데, 내 방 바깥에서 비스바덴의 목소리가 들렸다. 나는 들어와도 좋다고 지시했고, 그는 문을 열고 내 방으로 들어오더니 이렇게 말했다.

"아버지가 샤이나르 얼른 데려오래. 같이 바람도 쐴 겸해서 나갔다 올까?"

왜 하필 나야… 라고 대답하기엔 너무 무책임했다. 예전에도 말했지만, 비스바덴과 친한 사람은 나뿐이다. 분명 카르자야 형을 건너뛰고 나에게 찾아온 게 틀림없다. 나는 가벼이 승낙했고, 우리는 황궁을 나와 레타카의 거리를 걸었다. 황궁에서 멀리 떨어지지 않은 지점에 술집이 모여 있는데, 그중 나와 카르자야 형, 샤이나르가 단골손님으로 낙인찍혀 있는 술집을 찾아 들어갔고, 그곳에는 당연하게도 샤이나르가 있었다. 같은 테이블에 앉아있는 두 사람은 옷차림만 봤을 때 서민 출신인 듯했고, 나이는 샤이나르와 비슷해 보였다. 셋이서 술을 마셔가며 열심히 얘기를 나누고 있는 모습을 보아하니 얼른 황궁으로 돌아가자고 말해도 무시할 기세였다.

"어? 페넨 형, 비스 형! 여긴 웬일이야?"

샤이나르가 우리가 온 걸 눈치챘는지 이쪽을 향해 손을 흔들며 반겼다. 보아하니 아직 정신도 멀쩡하고 덜 취했군. 나는 샤이나르에게 지금 현 상황을 설명했다. 어머니가 몹시 화가 나 있고, 아버지가 샤이나르를 급히 찾고 있다는 얘기다. 하지만 샤이나르는 이 얘기를 가볍게 받아들였다.

"나 이 친구들하고 10분만 더 얘기한 다음에 움직일게. 10분만 기다려줄 수 있어?"
"딱 10분이다?"

"응, 미안, 미안."

 우린 1시간이 지나서야 겨우 끌고 나올 수 있었다. 황궁으로 돌아온 샤이나르는 아버지의 방으로 들어가 비스바덴과 나, 어머니가 보는 앞에서 아버지로부터 호된 꾸짖음을 받았고, '잘못했습니다'란 말을 수차례 반복하고 나서야 겨우 해방되었다. 같이 복도로 나오는데, 이때 샤이나르가 스트레칭을 해대며 하는 말이 굉장히 압권이었다.

"아아, 개운하다~ 잔소리 또 듣고 싶다~"

 샤이나르는 하도 잔소리를 많이 들으면서 살아왔기에, 분명 잔소리가 잔소리로 들리지 않았을 것이다. 정말 신기한 녀석이다.

/

 마침내 그날이 왔다. 오늘은 일요일, 사교계 모임이 있는 날이다. 매주 열리는 사교계 모임은 정말 즐겁다. 왜냐하면, 내 귀족 친구들을 단번에 모두 만날 수 있기 때문이다. 모임 장소는 2층의 황족 식당이고, 모임 시간은 오후 6시인데 30분을 초과한 상태다. 낮잠이 너무 꿀맛이라 늦게 일어나버렸다. 나는 내 방에서 검은색 턱시도 복장으로 갈아입고는 전신 거울을 통해 내 모습을 체크하다가 방 바깥에서 대기 중이었던 내 뒤치다꺼리 담당인 시녀를 불렀다.

"내 모습 보니 어때, 어디 이상한 데 없어?"

"으음… 나비넥타이가 조금 삐뚤어졌네요. 제가 제대로 해 드릴게요."

음? 분명히 완벽하게 했는데… 아, 내가 잠시 잊고 있었군. 이 시녀는 날 짝사랑하고 있다는 사실을…. 지금 이 행동은 조금이라도 내게 가까이 다가가고 싶어서 이러는 것이다. 짝사랑 정보를 알려준 장본인은 비스바덴이다. 비스바덴이 황궁에서 시녀들이 하는 말을 몰래 엿들은 적이 있었는데, 내가 아리엔느를 사랑하고 있다는 게 마음에 걸려서 고백도 못 하고 있다는 것이다.

얼굴 생김새는 나름 괜찮긴 한데, 나보다 나이가 많은 게 흠인 데다 신분도 마음에 걸리고, 무엇보다 아리엔느가 아주 예쁘게 생겼기 때문에 나는 내 시녀의 마음을 모르는 척해 주고 있다. 하지만 솔직히 말해 남에게 짝사랑을 받는 느낌이 싫지만은 않다. 오히려 즐거울 뿐이다.

"다 됐습니다, 페네시스 님."

내 나비넥타이를 매만지던 시녀가 나와 거리를 두더니 수줍은 듯한 얼굴을 하며 내게 말했다. 으으음… 역시나, 생각대로 내 나비넥타이는 별로 달라진 게 없군.

"나 없는 동안 방 청소 좀 부탁해."
"아, 네. 다녀오세요."

지금 시각이라면 황족 일행들은 2층의 황족 식당에 모여 있을 것이다. 아버지는 황제 알현실에서 국정 일을 담당하시느라 좀 늦게 오실 테고, 어머니는 식당에 계시려나? 그런 생각을 하며 2층 황족 식당으로 이동했는데, 그곳은 장관이었다.

"우와…."

오랜만에 사교계 모임에 참석해서 그런지는 모르겠지만, 턱시도와
미니 드레스를 입은 수많은 인파가 나에게 놀라움을 주었다. 게다가
테이블마다 음식과 음료수, 술이 배치되어 있으며 귀족들이 각자 자
리 잡아 앉아있었다. 프로센 가문, 자이츠 가문, 에드워드 가문 등등…
레타카에 거주하는 귀족들이 대거 참석한 모양이다. 어머니의 모습도
보이는데, 나이 든 귀족들과 한 테이블에 모여서 다정하게 얘기를 나
누고 계신다. 어머니의 옆자리에는 세이지 스승님도 보인다. 세이지
스승님이 날 보며 가볍게 손을 흔들었고, 나는 멀리서 고개 숙여 인사
했다.

"카르자야, 너 엄청나게 기분 좋아 보인다?"
"흐흐, 그런 일이 좀 있어."
"너 설마 말 안 하고 넘어갈 셈이야?"

한쪽에서는 카르자야 형을 중심으로 무리들이 모여 테이블 자리에
앉아서 담화를 나누고 있었다. 그리고 다른 테이블에서는 비스바덴과
샤이나르가 자기 나이 또래의 여성 귀족들과 어울려 놀고 있었는데,
샤이나르가 양옆에 있는 여성 귀족들을 끼고 놀면서 굉장히 신을 내
고 있었다. 차기 황제가 될 가능성이 큰 박식한 비스바덴과, 그래도 나
름 제4 황위 계승자라는 특징을 지닌 샤이나르이기 때문에 여성 귀족
들에게 인기가 많다. 혹시 누가 알겠는가, 황족들이 자길 마음에 들어
해서 결혼 신청을 할지. 여성 귀족들은 그런 마인드로 황족에게 잘 달
라붙는다.

"페넨! 이쪽으로 와!"

한 테이블에서 내 애칭을 부르는 남성 목소리가 들린다. 그 장소로 가보았더니 내 남자친구들과 아리엔느가 테이블을 지키고 앉아있었고, 그들은 마치 날 기다렸다는 듯이 자리도 하나 비워두고 있었다.

"여어, 다들 오랜만이야."

나는 웃는 얼굴을 보여주며 자리에 착석했고, 옆자리에 있던 아리엔느가 내게 말했다.

"이분들이 오라버니가 별장에서 있었던 일들을 얘기해 달래요."
"아아, 그래? 얘기해주지 뭐."

나는 처음부터 끝까지 다 얘기해주기로 마음먹었다. 세이지 스승님이 내는 퀴즈 시험을 잘 맞춰서 벌칙을 안 당했던 일과, 비스바덴과 함께 세릴 연극단에 들어가 연기력을 뽐냈던 일, 아리엔느가 지켜보는 앞에서 카르자야 형과 검술 대결을 해서 이긴 일, 검은 복면의 녀석들이 우리를 납치했던 일들을 얘기해주는데, 다들 내가 해주는 얘기에 신기하다는 듯한 얼굴이었다.

내 얘기가 모두 끝나고 나서 우리는 흥에 겨워 술 게임을 하기 시작했고, 술 게임 경험이 별로 없는 아리엔느가 자주 걸리게 되었다. 내가 흑기사가 되어 몇 잔 마셔주긴 했지만, 사실상 잘된 일이다. 나중에 아리엔느가 카르자야 형과 그 얘기를 나누기 위해선 술이 필요하기 때문이다.

"오라버니, 저 많이 취해 보여요?"

아리엔느가 술에 조금 취했는지 볼이 빨개진 얼굴을 하며 내게 물었다.

"음, 좋아. 적당히 취한 것 같아. 얘들아, 미안. 나 아리엔느하고 잠깐 바깥에 나갔다 올게."

때가 왔다. 나와 아리엔느는 자리에서 일어났고, 아리엔느가 어지러움을 느끼는지 몸을 비틀거렸기에 옆에서 부축해주며 다른 테이블에 앉아있는 카르자야 형을 향해 조심스럽게 걸어갔다. 카르자야 형이 친구들과 얘기하던 도중에 우리가 다가가자 눈치를 채고는, 조금 놀란 표정을 짓더니 자리에서 일어나며 말했다.

"페넨, 아리, 무슨 일이야?"
"아리엔느가 형에게 하고 싶은 말이 있대. 중요한 얘기라고 하더라고."
"아, 그래? 그럼 황궁 바깥 정원에 가서 얘기할까?"

나는 카르자야 형에게 아리엔느를 넘겨주었고, 카르자야 형은 들뜬 마음으로 아리엔느를 데리고 황궁 식당 바깥으로 나갔다.
힘내라, 아리엔느. 이 오라버니가 격하게 응원해주마. 그건 그렇고, 나도 좀 취한 것 같네… 정신이 조금 어지럽다. 발코니에 가서 바람이나 쐬다 올까 하는 생각에 자리를 옮겼는데, 마침 그곳에는 비스바덴이 있었다.

"어라, 페넨 형!"

비스바덴도 어지간히 취했는지 평소답지 않게 하하하 거리며 날 반졌다. 우리는 난간에 기댄 채 별것도 아닌 얘기에 웃어대며 시간을 보냈다. 너무 얘기를 많이 해서 할 얘기가 줄어들고 있을 때, 내가 그 얘기를 꺼냈다.

"세이지 스승님이 아리엔느랑 마차에 탔을 때, 카르자야 형이 아리엔느를 좋아하고 있다고 얘기해준 모양이야."

"아, 정말?"

"레타카로 돌아온 그날, 아리엔느가 내 방으로 와서 이렇게 얘기하더라고. 카르자야 형이 정말로 자길 좋아하는지 물어봐 달라고."

"응, 그래서?"

"내가 카르자야 형 방에 가서 형에게 어떻게 말해줄까 하고 물어봤더니, 자긴 아리엔느를 좋아하지만 좋아하지 않는다고 전해 달래. 하지만 나는 아리엔느에게 있는 그대로 전달해줬지."

"좋아하지만 좋아하지 않는다… 그대로 말이야?"

"응."

내가 하는 말에 비스바덴이 미간을 찡그렸다. 자못 진지한 얼굴이 되더니 조금 생각을 하다 내게 말했다.

"왜 그대로 말해준 거야? 페넨 형이 그런 말을 해서 카르 형이 난처해진 것 같은데. 아리도 생각이 많아질 테고."

"나하고 카르자야 형 둘 다 아리엔느를 좋아하고 있잖아. 슬슬 결착을 지어야겠다고 생각해서지."

"그래서 아리가…"

"응, 그래서 아리엔느가 밥도 잘 안 먹고 그랬던 거야."

"그렇구나… 카르 형의 마음을 알아서… 난 단순히 입맛이 없어서 그런 줄 알았지."

"근데 카르자야 형이 아리엔느의 그 모습을 보고 나한테 뭐라고 한지 알아? 아리엔느가 자길 좋아하고 있다고 말하는 거 있지?"

"아아, 페넨 형이 카르 형 말대로 아리엔느에게 좋아하지 않는다는 말을 전해줬다고 생각한다면… 그렇게 여길 수도 있겠네. 하하하, 일이 좀 재밌어졌네."

"그렇지? 그래서 지금 아리엔느가 카르자야 형하고 같이 정원으로 갔어. '저는 페네시스 오라버니를 좋아합니다'라는 말을 하기 위해서."

"그렇군… 별 소동 없이 잘 마무리되어야 할 텐데…."

"그러게 말이다."

나와 비스바덴은 아름다운 밤하늘을 바라보며 이 들뜬 분위기를 즐겼다.

/

카르자야 형은 아리엔느를 부축하면서 황궁 바깥 정원으로 이동했다. 이름 모를 물고기들이 사는 작은 호수가 적당한 위치에 있었고, 그 앞에는 밀짚모자를 한 작은 오두막이 자리하고 있었다. 카르자야 형과 아리엔느는 그 오두막에 나란히 앉았다. 카르자야 형은 아까부터 싱글벙글하였다. 모처럼 이렇게 아리엔느와 오붓하게 얘기할 시간도 자연스럽게 주어지고, 그녀가 무슨 말을 할지 예측이 되기 때문이었다. 하지만 아리엔느는 시간이 지나도 얘기를 꺼내지 않았다. 나랑 같이 있으니 부끄러워서 말을 못 하는구나, 그래, 그럴 수도 있지, 하하하…. 지금 이것이 카르자야 형의 생각이다. 그런 식으로 판단해버리니 입가에 미소가 자연스레 지어진다.

"저기, 무슨 용무로 날 부른 거야?"

아리엔느가 오두막 자리에 앉은 지 5분이 지나도 말이 없자, 카르자야 형은 단지 나랑 같이 있고 싶어서 부른 거구나 하고 착각을 하기 시작했다. 카르자야 형도 술이 조금 들어갔지만, 아직도 아리엔느를 직접적으로 쳐다볼 수준은 못 된다. 그저 허공만을 바라보며 아리엔느에게 조심스럽게 물었다.

"중요한 얘기를 하려구요…"
"그건 그렇고 이 정원, 정말 잘 꾸미지 않았어? 돌아오니까 감회가 정말 새롭네."

카르자야 형은 잡담을 함으로써 아리엔느의 마음을 편안하게 해주고 싶었기에 그렇게 말했다.

"… 네? 아, 네…."

머릿속이 어지러운데도 진지한 표정으로 반응해주는 아리엔느.

"이 정원이 언제쯤에 만들어졌었지? 기억이 잘 안 나네."
"아버님이 3년 전에 황제 즉위를 하시면서 기념으로 만들었을 거예요."
"와아, 벌써 3년이나 됐어? 시간 참 빠르게 가네. 아리도 그렇게 느껴지지 않아?"
"네, 그렇네요…."

"아리가 올해로 13살이었던가?"

"… 네."

"아리가 어느새 건강하게 잘 자랐구나. 하나뿐인 여동생이라 어릴 때부터 잘 챙겨주고 그랬었는데."

"저도 그건 잘 알고 있어요. 그 점에 대해서는 진심으로 감사해요."

카르자야 형이 잡담으로 얘기를 끌고 가자 아리엔느는 점점 망설여졌다. 지금 말해도 괜찮은 걸까? 하지만 지금 말해버리면 카르자야 오라버니는 힘들어하실 텐데, 하는 생각에 가슴만 자꾸 답답해진다.

"그런데 아리, 중요한 얘기를 한다고 하지 않았어?"

"… 네, 맞아요."

"혹시 말하기가 힘든 얘기니?"

"네…."

카르자야 형은 아싸 싶었다. '아리엔느는 분명 나에게 고백을 하려는 모양이야!'라고 생각하니 오른발이 가만있질 못하고 계속해서 까딱거렸다.

"혹시, 그게 고백이니?"

"네…."

"음, 그렇구나. 아리, 괜찮다면 내가 먼저 말해도 될까?"

"… 뭔데요?"

카르자야 형은 자신의 입안에 다량으로 고인 침을 꿀꺽 삼키더니 천천히 말을 이어나갔다.

"나, 사실은 널 좋아하고 있어."

"……."

"페넨이 내가 널 좋아하지 않는다고 대신 말한 건 거짓말이야."

"……."

"아리가 날 좋아하고 있다는 생각에, 술의 힘을 빌려서 결국 말해버렸네. 하, 하하하…."

"……."

"아리도 나를 좋아하지?"

"… 아뇨."

아리엔느는 단호했다. 이 말에 놀란 카르자야 형이 아리엔느의 얼굴을 바라보았는데, 좋아하는 사람에게 고백을 받아서 기쁜 표정이 절대 아니었다. 아리엔느의 표정은 이미 심각한 얼굴로 바뀌어 있었다. 카르자야 형은 다시 허공에 시선을 두고 그녀에게 말했다.

"아, 아리… 아니라고?"

"… 네."

"내가 널 좋아하지 않는다는 말에 최근 들어 기운이 빠진 거 아니었어?"

"… 무슨 소리예요? 카르자야 오라버니는 절 제대로 쳐다보지도 못하시는데, 제가 왜 오라버니를 사랑하고 있겠어요?"

"……."

"저는 페네시스 오라버니를 사랑해요."

"……."

"그러니까, 제발 다른 여자를 찾아주세요."

이에 카르자야 형의 표정도 아리엔느와 마찬가지로 심각해졌다. 그는 의미 없이 땅바닥을 계속 쳐다보며 수십 초간 침묵을 유지하다가 이내 말했다.

"… 페넨만 사라지면….”
"네?"
"페넨이 사라지면, 그땐 날 좋아해 줄 수 있겠어?"
"페네시스 오라버니가 사라질 리가 있나요?"
"묻지 말고, 내 말에 대답해 줘.”
"… 사라질 리가 없어요.”
"……"

카르자야 형의 눈가는 아까부터 촉촉해져 있었는데, 분비량이 너무 많아 얼굴을 타고 아래로 흐르기 시작했다.

"크, 크흐흑….”
"……"
"크흑, 흐흑흑… 흐흑….”

카르자야 형이 뼈아픈 현실에 부딪혀 비참하게 울고 있을 때, 아리엔느가 고운 손으로 카르자야 형의 눈물을 닦아주었다.

"힘내세요, 카르자야 오라버니. 그렇게 우시면 저도 마음이 아파요….”

/

    내가 2층 발코니에서 비스바덴과 과학에 관해 얘기를 나누던 중, 아리엔느가 웃는 것인지 우는 것인지 모를 미묘한 표정을 하고선 몸을 비틀거리며 간신히 내 곁으로 돌아왔다. 비스바덴이 얌전히 경청하는 가운데 우리 둘의 대화가 진행되었다.

    "끝났어?"
    "네."
    "확실히 했지?"
    "네, 걱정 안 하셔도 돼요."
    "카르자야 형은 어디 갔어?"
    "식당으로 돌아가셨어요."
    "음, 알았어. 식당으로 돌아가 있어, 나 비스바덴하고 여기서 얘기 좀 하다 들어갈게."
    "네, 얼른 오세요. 기다리고 있을게요."

    아리엔느가 가고 난 후, 비스바덴은 한숨을 푹 쉬더니 나를 바라보며 얘기했다.

    "하아, 카르 형과 페넨 형의 사랑싸움은 정말이지 못 말리겠다니깐. 아리 말고도 예쁜 여자는 널렸는데, 왜 아리에게만 집착해서 싸움을 하는 거야? 난 이해할 수가 없어."
    "네가 아리엔느에게 안 빠져봐서 잘 모르는 거야. 아리엔느는 하는 행동마다 다 사랑스럽고, 보호해주고 싶은 욕구가 든다니까?"
    "하여튼, 이제 다 끝난 건가? 카르 형과 페넨 형의 사랑싸움."

"그래, 나의 승리야. 뭐, 당연한 결과지만."

"지금 입이 귀에 걸렸어, 페넨 형."

"아, 그래? 하하하하, 근데 기분 좋을 수밖에 없지. 안 그래?"

"하긴 그래. 그나저나 카르 형, 불쌍해서 어떡하지… 페넨 형에게 졌다는 생각에 지금쯤 기분이 매우 우울한 상태일 텐데."

"음, 지금은 누가 위로를 해줘도 그 우울함을 풀 수는 없을 거야. 시간이 다 해결해 주겠지."

그때였다. 누군가가 건물 안에서 이쪽, 발코니로 천천히 걸어오고 있었다. 나와 비스바덴은 발걸음 소리가 들려 별 생각 없이 그쪽을 바라보았는데, 아니 이게 누구야, 카르자야 형이었다.

"비스, 잠깐 자리 좀 비켜줄래?"

카르자야 형의 냉담한 말에 비스바덴은 꼼짝 못 하고 자리에서 물러났다. 나와 카르자야 형 둘만 남게 된 상황, 카르자야 형은 아까부터 내게 날카로운 시선을 보내고 있었다.

"카르자야 형, 비스바덴한테 자리를 비켜달라고 할 정도면… 대체 무슨 일이야?"

나는 이런 상황에서 아무것도 모르는 척 연기를 하였는데,

"난 널 죽이고 싶다."

카르자야 형의 이 잔인한 말은 내게 신선한 충격을 주었다. 이해할 수가 없었다. 나와 가장 친하다고 생각했던 카르자야 형이, 날 죽이고

싶다고 바로 내 앞에서 당당히 선언했다. 카르자야 형, 제정신이야…?

"날… 죽이고 싶다고? 어째서?"

심장이 계속 요동쳤다. 난 두려움에 떨면서도, 우선 날 죽이고 싶다는 말을 한 이유라도 듣고 싶었다. 카르자야 형은 아까부터 계속해서 싸늘한 표정을 짓더니 이내 답했다.

"네가 죽어야 아리가 날 바라봐줄 것 같거든."

아리엔느는 분명 내가 말한 대로 실행에 옮겼을 것이다. '저는 페네시스 오라버니를 사랑해요'라고, 일을 끝내고는 나보고 걱정하지 말라는 말까지 했다. 하지만 자기를 사랑하고 있는 줄 알았던 아리엔느에게 차인 여파가 컸던 걸까, 지금의 카르자야 형 상태는 정상이 아니다. 완전히 미쳤다.

"그래서, 지금… 여기서 날 죽일 거야?"

내 목소리마저도 떨리기 시작했기에 말을 끝내고 나서 마음을 애써 진정시키려고 했지만 좀처럼 쉽지 않았다. '난 두렵지 않아, 난 두렵지 않아'라고 계속해서 되뇌었다. 난 최대한 아무렇지도 않은 척하였다. 다시 카르자야 형의 입술이 움직이기 시작했다.

"지금 당장은 죽일 수 없다. 내 장검도 현재 가지고 있지 않고, 2층 높이라 난간 바깥으로 밀어 떨어뜨려서 죽일 수도 없는 데다, 우린 황족이야. 내가 만약 이 자리에서 너를 죽인다면, 황족을 죽인 대가로 나도 사형에 처해지겠지. 그런 상황에 부닥치는 건 원하지 않아."

"그렇다는 것은…."

"사고사나 자살로 위장해 죽일 수도 있으니 앞으로 몸조심하라는 거지. 하지만 그러기 전에 너에게 여러모로 묻고 싶은 게 있다. 내가 하는 말에 대답해줄 수 있어?"

"뭔데… 말해봐."

"오오, 너를 죽이겠단 말도 했는데 대답해주는 거야? 정말 다행이다."

카르자야 형이 사악한 미소를 지으며 짧게 웃고는 하던 말을 이어나가는데, 그 모습을 정면에서 대놓고 지켜보는 나였기에, 이젠 두렵다 못해 무섭기까지 했다. 얌전히 있기가 힘들다고 느껴질 정도였다. 제대로 대답하지 않으면 날 죽일 것 같다는 공포감에 카르자야 형이 하는 말마다 진실하게 답변했다.

"너, 며칠 전에 내가 아리에게 전하라고 했던 말, 제대로 전했냐?"

"……."

"대답해."

"카르자야 형이 원래는 아리엔느를 좋아하지만, 좋아하지 않는다고 전해 달래, 라고 말해줬어."

"왜 그렇게 말해줬지?"

"나와 카르자야 형과의 연애 싸움을 끝내고 싶었으니까… 형이 인제 그만 아리엔느를 포기했으면 하는 생각에서, 꼭 그렇게 됐으면 하는 마음에 말을 바꿔 말했어."

"그래서, 아리의 반응은?"

"형의 마음을 알아버려서, 평상시 그대로 형을 대하기에 매우 부담스럽다고 말했어."

"내가 부담스럽다고?"

"부, 분명히 말했어. 나 거짓말하는 거 아냐…."

"넌 내가 싫으냐?"

"… 절대 싫지 않아. 정말이야, 카르자야 형."

"난… 네가 싫다. 죽이고 싶을 정도로 싫어졌다. 널 죽이고 아리를 독차지하고 싶어. 단지 그 생각뿐이야. 넌 내 생각이 이해가 잘 안 되겠지. 아리를 제대로 쳐다보지도 못하는 내가 아리를 사랑하고, 집착하는 이유를."

"……"

/

"앞으로 날 보고 형이라고 부르지도 마. 친동생을 죽이고 싶어하는 게 형이란 존재일 리가 없으니까."

이 말은 내 신경에 좀 거슬렸다. 하나뿐인 형을 두고 있는 내가 형을 형이라 부르지 못한다니… 형이란 말을 사용할 수 없다고 한다면 다른 호칭이 마땅히 떠오르지 않는다. 난 용기를 내서 내 생각을 전달하였다.

"그건 너무나도 곤란해. 남 앞에서 완전히 남남이 되자는 거야? 부모님이나 비스바덴, 샤이나르, 그 외 많은 사람이 이런 우릴 보고 무슨 생각을 하겠어, 이건 무리수가 아닐까?"

"페네시스, 내 말을 거역할 셈이냐?"

아… 이젠 페넨이라는 애칭으로 부르지도 않다니, 정말 너무하다…. 카르자야 형이 이렇게 매정한 사람이었다는 사실을 알게 되니, 너무 슬퍼서 눈물이 나오려고 한다. 그에 반해 카르자야 형은 전혀 아무렇지도 않았다. 감정을 억누르고 있는 건가? 아니면 순식간에 차가운 사람으로 변해버린 건가? 어떻게 아리엔느 하나 때문에 사람이 이렇게 달라질 수가 있지?

"… 알았어, 따를게."

나는 마지못해 그렇게 대답하였다.

"나는 오늘 아리의 얼굴을 보기 어려운 처지다. 그러니 네가 대신 식당에 가서 아리엔느에게 이 말을 전해주지 않겠니? 주제도 모르고 고백해서 정말 미안하다고. 설마 이 말도 조작하진 않겠지?"
"… 그 말, 확실히 전달할게."
"마지막으로 말한다. 어느 때이건 간에 나와 단둘이 남는 상황을 조심해라. 기회가 찾아오면 반드시 널 죽일 테니까."

카르자야 형은 내가 마음이 너무나도 답답하고 아파서 내 눈으로부터 눈물이 흘러나오는 것을 보고도 죽이겠다는 말을 아무렇지도 않은 듯이 표현하고는 자리를 떴다. 난 내가 입고 있는 턱시도의 팔 부분으로 내 눈물을 닦고 코를 킁킁거리며 콧물이 얼굴 바깥으로 노출되는 것을 막았다.

"카르자야 형… 난 이런 결말을 원한 게 결코 아니었는데…"

난 조용히 혼잣말로 카르자야에 형이란 단어를 붙이며 후회를 하였다. 지금 이 상황, 나한테 굉장히 곤란하다. 어떻게든 원래대로 돌릴 좋은 방법이 없을까? 그런 생각을 하자마자 내 머릿속에 아리엔느가 스쳐 지나갔다. 그래, 그게 좋겠어. 난 식당으로 이동했는데, 내 친구들이 모두 모여 있는 테이블에 있어야 할 아리엔느가 안 보였다. 카르자야 형이 있는지도 확인했지만, 그마저도 없었다. 둘이서 같이 어디로 갔나?

아니면 5층의 자기 방에 각자 들어갔으려나? 난 혹시나 싶어 다시 한번 식당 안을 스캔했지만, 오늘 하루 종일 국정을 맡느라 고생하신 아버지가 어른 귀족들과 같이 화기애애하게 얘기를 나누며 테이블 의자에 앉아 계신 모습이 전부였다. 그 외에는 바뀐 게 없다. 나는 얼른 식당을 빠져나가 계단을 통해 5층으로 올라갔다. 굳게 닫혀있는 아리엔느의 방문 앞에 가서 노크하며 말했다.

"아리엔느! 나야. 들어가도 되니?"
"… 네, 들어오세요."

아리엔느의 대답이 들리자마자 난 황급히 문을 열고 안으로 들어오고선 다시 닫았다. 아리엔느는 침대에 앉아있는 채였다. 갑자기 자길 찾아온 나의 행동이 어지간히도 이상한가 보다. 아무 말 없이 빤히 나를 쳐다보고 있다.

"어, 다름이 아니고… 파티를 좀 더 즐겨보지, 왜 방에 들어왔어?"

난 우선 아리엔느가 자기 방에 들어온 이유부터 물었다. 아리엔느는 자신의 뒷목을 손으로 긁적대더니 이내 말했다.

"술을 마셨더니 머리가 좀 아파서요. 어지럽기도 하고… 방에 누워있으면 진정될 것 같아서 왔어요. 제가 무슨 잘못이라도 했나요?"

"아, 아니… 그런 건 아니야. 갑자기 네가 안 보이길래 걱정했던 것뿐이야."

"그랬군요…."

"잠깐 얘기를 나누고 싶은 게 있는데, 머리가 아프다고 하니 망설여지네."

"무슨 얘기요? 우선 제 옆으로 오세요."

나는 침대에 앉아있는 아리엔느의 옆자리에 앉고는 조금 전 일을 떠올렸다. 생각하고 싶지도 않은 끔찍한 일이었지만, 카르자야 형과의 불편한 관계를 회복하기 위해선 반드시 떠올려야만 한다. 나는 머릿속으로 할 말과 해서는 안 되는 말들을 정리하곤 곁에 있는 아리엔느에게 말했다.

"카르자야 형이 아까 나한테 대신 전달 좀 해달라고 말하더라. 너한테 주제도 모르고 고백해서 정말 미안하다고."

"……."

"아까 너랑 카르자야 형이 같이 있을 때 무슨 얘기 했어? 상세하게 좀 들려줄래?"

"… 저 누워서 얘기하면 안 되나요? 머리가 또 아파져 와서…."

"아, 그래. 우선 침대에 편하게 누워."

아리엔느는 나에게 양해를 구하고는 발을 침대 위에 올리고 천장을 바라보며 누웠다. 입술을 깨물고 이마에 손바닥을 갖다 대며 힘들어하는 얼굴을 하고 있으니 정말 아파 보였다. 시간이 어느 정도 흐른 지금도 그 고통이 가시지 않았는지 누워있는 채로 짧은 신음을 내기 시작했다.

"페네시스 오라버니…."

"응?"

"내일 얘기하면 안 될까요… 저 정말로 힘든데… 하아… 술을 많이 마셨는지 머리가 너무 아파요…."

"그건 안돼, 내일 얘기하면 늦어."

"… 왜요?"

"서로 말을 나누다 보면 자연스레 알게 될 거야."

"… 알았어요. 저보고 무슨 얘기 해달라고 했죠?"

"너랑 카르자야 형이 같이 있었을 때, 무슨 얘기 했어? 자세히 말해줘."

"으음… 그러니까… 카르자야 오라버니가 절 데리고 정원에 가서… 제가 말할 용기가 안 나서 아무 말 없이 시간을 보내고 있었는데, 먼저 말하더라고요. 무슨 용무로 날 불렀냐고. 그래서 제가 중요한 얘기를 하기 위해서라고 말했고… 그다음엔 카르자야 오라버니가 갑자기 뜬금없이 정원이 잘 꾸며져 있지 않냐면서 잡담을 하더라고요. 그래서 의미 없는 대화를 좀 하다가… 제 나이가 13살이냐고 묻길래, 그렇다고 하니까 그동안 하나뿐인 여동생이라는 이유만으로 잘 챙겨줬다고 말하길래 그 점에 대해서는 감사하다고 말했어요."

"응, 계속해서 말해줘."

"아, 잠시만요… 갑자기 또 머리가 아파서…."

"그래. 좀 쉬었다가 말해줘도 되니까, 편하게 있어."

아리엔느로부터 지금까지의 들은 대화 내용은 별문제 없어 보인다. 정원이 잘 꾸며졌지 않느냐느니 하는 얘기를 한 것은 분명 카르자야 형이 아리엔느의 불편한 마음을 편하게 해주기 위해서… 단지 그것뿐으로 보인다. 하나뿐인 여동생이다 뭐다 하면서 한 얘기는 자신이 아리엔느로부터 호감을 받기 위해서 해본 말이겠지.

"지금은 좀 어때?"

10분 경과, 나는 아리엔느에게 현재 상태를 물어봤다. 그랬더니 좀 나아졌다며 다시 얘기하겠다는 것이다. 정말 잘됐다. 나는 마음을 가다듬고 다시 아리엔느의 얘기에 집중했다.

"에, 그러니까… 제가 어디까지 얘기했죠?"
"'네가 하나뿐인 여동생이라서 잘 챙겨줬다'까지."
"아, 맞아요… 그리고 나서 카르자야 오라버니가 저보고 아까 중요한 얘기를 하겠다고 하지 않았느냐며 저에게 물었고, 저는 그렇다고 했어요. 그랬더니 그게 혹시 말하기 힘든 내용이냐고 묻고, 전 그렇다고 했는데…."
"했는데…?"
"굉장히 신난 듯한 목소리로 그게 혹시 고백이냐고 물었고, 전 고백하는 게 맞으니까 그렇다고 했는데…."
"……."
"자기가 먼저 얘기해도 괜찮으냐고 묻더니, 사실은 저를 좋아하고 있다고 말하더라고요. 페네시스 오라버니를 통해 저에게 한 얘기, 저를 좋아하지 않는다는 것은 거짓말이었다고 하면서요."
"응, 그리고?"
"저도 자길 좋아하고 있냐고 물었어요. 저는 당연히 아니라고 했죠. 제가 카르자야 오라버니를 왜 좋아하겠냐고, 저는 페네시스 오라버니를 사랑한다고, 다른 여자를 찾아보라고 말했어요."

역시, 카르자야 형은 내가 지켜본 그대로 아주 단단히 착각했군. 좋아한다는 고백을 받을 거라 생각한 카르자야 형이 용기를 내서 먼저 나선 것이겠고, 아리엔느는 그런 고백이 아니라, 자기는 나, 페네시스를 좋아하니까 인제 그만 좋아해 달라고 말하니 큰 충격을 받은 것이다. 대충 짐작은 했지만 이렇게 세세하게 들으니, 아까 카르자야 형이 내게 꺼낸 잔인한 말들이 하나도 이해가 안 되는 것은 아니다.

카르자야 형은… 그저 괴로웠던 것이다. 나 때문에 자신이 그렇게 사랑하던 아리엔느와 사귀지 못한다는 것을 인지해버렸으니… 그래서 발코니에 있던 내게 찾아와서는 나와 같이 있던 비스바덴에게 자리를 비켜달라고 요구한 뒤 그런 말들을 꺼낸 것이다. 하, 슬픈 운명이군. 카르자야 형과 나는… 사랑이 대체 뭐길래 날 이렇게 힘들게 하는 것인가. 아리엔느가 생각난 게 더 있는지 잠깐 주저하다가 천천히 말을 이어나갔다.

"그리고… 카르자야 오라버니가 이런 말도 했어요. 페네시스 오라버니가 사라진다면 그땐 날 좋아해 줄 수 있냐고. 그래서 저는 페네시스 오라버니가 사라질 리가 없다고 답변해줬어요. 그랬더니 우는 거 있죠… 그래서 저는 눈물을 닦아주면서 저도 마음이 아프다고 했어요. 카르자야 오라버니와 얘기한 건 여기까지예요."
"그렇군… 지금 상태는 어때, 아직도 머리 아파?"
"아까보다는 좀 나아졌네요."

괜찮아졌다니 다행이네. 나한테 전에 있었던 얘기를 빠짐없이 잘 얘기해주는 것을 보아하니, 술을 많이 마셨어도 아직 정신은 멀쩡한 것 같다.

"그래… 아리엔느, 지금부터 내가 하는 말 잘 들어. 알았지?"

"… 무슨 얘기 하시게요?"

"앞으로 카르자야 형을 좋아해 줘."

"… 네!?"

아리엔느가 깜짝 놀란 얼굴을 하며 상체를 조심스레 일으켰다. 난 결심했다. 아리엔느에게 이 말을 하기로. 반드시 말해야만 한다. 그렇지 않으면 사태는 더더욱 악화될 뿐이다. 난 아리엔느를 좋아하는 만큼 카르자야 형도 좋아하기 때문에, 말해야 한다….

/

앞으로 카르자야 형을 좋아해 달라…. 이건 결코 농담 삼아서 하는 말이 아니었다. 난 이것이 카르자야 형과의 관계 회복을 위해 필요한 수단이라고 생각했기 때문에 그렇게 말하였다. 지금은 아리엔느가 카르자야 형의 고백을 거절했기에 사이가 매우 안 좋아졌지만, 우리가 먼저 다가가 평상시처럼 얘기를 나누며 지내면서, 거기에다가 보너스로 아리엔느의 스킨십과 애정을 활용한다면, 틀어졌던 관계가 정상화될 수 있을 거라 확신하였다.

"아리엔느, 내 말 잘 들어. 카르자야 형은 너에게 차인 이후로 몹시 우울해졌어. 난 그 우울함을 덜기 위해서…."

"둘이서 무슨 말 했는데요?"

이런… 순식간에 정곡을 찔렸다. 대화가 이렇게 흘러가면 좋을 게 단하나도 없는데, 어떡하지… 있었던 일을 그대로 말할 수는 없다.

"페네시스 오라버니에게 무슨 말 했죠, 그렇죠?"

인상을 불쾌하게 찡그리며 날 바라보는 아리엔느가 나에게 진실한대답을 요구하였고,

"얘기는 했지. 엄청나게 우울하다고 말하더라고."

나는 표정 관리를 하는 데에 온 힘을 기울이며, 최대한 티 안 나게 얘기하면서 아리엔느가 우리 둘만의 비밀스러운 담화에 더는 간섭하지않기를 바랐다.

"음… 카르자야 오라버니가 우울한 게 마음에 자꾸 걸리적거리는 건가요?"
"바로 그거지, 맞아."
"그래도 그렇지, 저는 페네시스 오라버니가 더 좋은데… 지금 말씀하신 건 제가 카르자야 오라버니를 더 좋아하는 척해달라는 거잖아요."
"좋아하는 척이 아니야. 아까도 말했지만, 앞으로는 카르자야 형을좋아해 줘."
"그게 뭐예요, 정말!"

… 아리엔느가 자기 베개를 집어 들고 신경질 내는 듯한 목소리를 내며 내게 던졌다. 그 베개는 정확히 내 얼굴에 명중하였으나, 나는 이에대해 아무 소리도 하지 않았다. 그저 내 말에 따르길 바랄 뿐, 난 진지한 얼굴로 그녀를 응시했다. 아리엔느는 화가 잔뜩 났는지 흥분을 가

라앉히지 못하고 몸을 계속해서 떨고 있었다.

"당장 카르자야 오라버니를 이 방으로 불러주세요. 다시는 절 좋아하지도 못하게끔 확실하게 결판을 낼게요."
"내 말을 따라야만 해, 아리엔느."
"당장 불러주세요."
"……."

하아… 내가 원하는 대로 잘될 거란 생각은 물론 안 했다. 지금 상황이 심각하다는 걸 설명해야 하나? 하지만 카르자야 형이 나한테만 한 얘기를 어찌 그대로 아리엔느에게 들려줄 수 있겠는가, 그건 절대로 안 된다.

"아리엔느… 내가 너를 사랑하는 만큼, 너도 나를 사랑할 거야. 그렇지?"
"당연하죠. 제가 어떻게 페네시스 오라버니를 놔두고 카르자야 오라버니를 좋아해요? 사랑하는 것도 아닌데."
"그래도 네가 사랑하는 사람의 말이니까, 그러니까… 내 말을 들어주면 안 되겠니…"
"…… "

아리엔느가 두 손으로 꽉 쥐고 있었던 이불을 내려놓았다. 험상궂던 인상도 풀어지고 있었다. 그녀의 몸에 가득 찼던 힘이 빠지며 화가 났던 얼굴이 괴로워하는 얼굴로 천천히 바뀌었다. 그녀의 안구에 습기가 차기 시작하더니, 거기서 빠져나온 액체가 예쁜 볼을 미끄럼틀 타듯 흐르며 뚝뚝 떨어졌다.

"흐흑흑… 흐흑… 흐아아아앙!"

그녀는 소리를 내며 울더니 내 품에 안겨버렸다. 내 눈도 알게 모르게 충혈되어 있었고, 방심하다간 눈물이 날 것 같아 눈을 계속해서 빠르게 깜빡였다.

"그래, 착하지…."

나는 그녀의 등을 한 손바닥으로 가볍게 짚으며 위로하였다. 그녀는 3분간 계속해서 울었다. 난 이런 아리엔느를 바라보니 매우 안쓰러웠다. 우린 서로 좋아하는 사이인데, 이뤄질 수가 없다는 그 현실이 너무나도 혹독했다. 하지만 이걸 어떻게 해, 이런 운명의 장난도 다 신의 계시겠지… 신의 계시라면 어쩔 수 없이 따라야지. 비스바덴이 말한 대로, 예쁜 여자들은 얼마든지 널렸다. 꼭 아리엔느만 바라보며 고독한 삶을 살아갈 필요는 없다는 것이다.

나는 카르자야 형에게 아리엔느를 양보하는 게 썩 기분이 좋진 않다. 하지만 나와 여러 장난을 쳐가며 같이 놀았던 그 추억들을 생각하니, 사랑보단 우정이 먼저라는 생각이 들었다. 그녀가 울음을 그치고는 내 품을 벗어났다. 그녀의 얼굴에 칠했던 화장이 망쳐져 있었다. 살짝 추하다는 생각도 들었다. 내가 무언가 말하려던 그때, 아리엔느의 입술이 내 입술과 맞닿았다. 뽀뽀였다. 아리엔느가 자기 입술을 떼더니 나에게 말했다.

"그래요… 오라버니들만의 사정도 있으니까, 이렇게 말한 거겠죠. 그렇죠…?"
"… 미안하다."

"하신 말의 의도는 잘 알았어요. 저… 어떻게 할까요? 페네시스 오라버니가 시키시는 대로 할게요."

우선… 카르자야 형의 위치를 알아내는 게 좋겠다. 오늘 한 고백을 찼다는 것에 대해 사과할 필요가 있으니까. 카르자야 형이 날 적대시하는 건 확실하지만, 아직 아리엔느를 포기한 것도 아니며, 싫어하는 것도 아니다. 아리엔느가 사과를 한다면 보나 마나 받아줄 것이다. 난 아리엔느에게 잠깐 기다리라고 말한 뒤, 방을 빠져나가 카르자야 형의 방이 열려있는지, 닫혀있는지 확인했는데, 닫혀있었다. 형이 방 안에 있으려나… 하며 난 다시 아리엔느의 방으로 돌아갔다. 아리엔느는 내가 시키지도 않았는데 눈물로 얼룩진 얼굴을 화장하며 다시 고치기 바빴다. 역시 죽이 잘 맞는구나, 우리는.

"자, 가봐."

나는 카르자야 형에게 할 말을 아리엔느에게 그대로 인계하고는 아리엔느를 뒤따라 나도 방 바깥으로 나왔다. 아리엔느를 카르자야 형의 방으로 떠나보낸 뒤, 난 내 방에 들어갔다. 난 방에 들어오자마자 침대에 정자세로 누웠다.

'발동해라, 토끼의 귀여…'

목소리를 들을 장소는 바로 옆 방에 있는 카르자야 형과 아리엔느의 대화다. 난 온 신경을 집중했다. 능력을 사용하니 대화가 아주 잘 들리기 시작하였다.

"저, 카르자야 오라버니… 아까는 정말 미안했어요. 저 때문에 너무 마음이 아프셨죠?"

"어? 아, 아냐. 난 괜찮아. 너야말로… 내 고백 때문에 마음 아프지 않았어?"

"전 이제 좀 괜찮아졌어요."

"그래? 다행이네. 아, 아하하….''

나에게 잔인한 말을 내뱉었던 카르자야 형이 어느새 순한 양이 되어 아리엔느와 얘기를 나누고 있다. 이런 대화를 듣고 있자니 슬쩍 짜증 나는데…? 계속해서 아리엔느의 목소리가 들렸다.

"페네시스 오라버니에게 들었어요. 저 때문에 많이 우울해지셨다고… 맞나요?"

"응? 아… 뭐랄까….''

보나 마나 이런 순간에도 카르자야 형은 아리엔느를 쳐다보지 못하고 있을 것이다.

"카르자야 오라버니의 고백, 다시 한번 생각해 볼게요. 시간 좀 주실 수 있나요?"

"엇, 정말로? 시간이야 당연히 주지! 난 좋아."

"정말요? 감사해요! 카르자야 오라버니의 고백을 들으니까 앞으로 어떻게 대해야 좋을지 걱정했는데, 그래도 용기 내서 이 방에 찾아온 게 다행이었네요. 이것으로 마음이 한결 나아졌어요. 넓은 아량으로 이해해주셔서 정말로 감사해요. 후훗.''

"역시 아리엔느구나… 이렇게 찾아와줘서 정말 고마워. 나 말이야, 앞으로 이렇게 대화도 못 할 줄 알고 머리를 싸맸거든. 정말 고마워, 정말로.''

하, 정말 밉다… 라는 생각을 하며, 난 두 발로 이불을 걷어차고 서둘러 잠자리에 들었다.

/

아침이 밝아 오니 참새들의 짹짹거리는 소리가 거세졌고, 아침 햇살이 내 방의 어둠을 걷어냈다. 그러다 보니 저절로 눈이 떠졌다. 오늘 꾼 꿈은 떠오르지 않는다. 솔직히 말해서 일어나고 싶지 않았다. 다시 자려고 몸을 뒤척이며 계속해서 누워있었지만 좀처럼 잠이 오지 않았다. 그래도 난 누워있었고, 눈을 지그시 감았다. 아아, 그래도 편하게 누워있을 수 있어서 다행이다. 별장에 있었을 때 같았으면 내가 이런 짓을 하다간 세이지 스승님의 귀 잡아당기기에 당하고 만다. 집으로 돌아오니 이런 점은 정말 좋다.

어제 일은 정말로 대단했지… 악몽 그 자체였다. 아리엔느와 사랑을 나눌 수 없다는 그 현실이 날 계속해서 침대에 누워있게 만든다. 현실을 회피하고 싶은 욕구가 마구 샘솟는다. 수단은 다 취했으나 어디론가 멀리 여행을 떠나고 싶을 정도로 마음이 괴롭다. 이걸 어찌해야 할지 모르겠다. 마음의 병이란 게 이런 거였구나…

"페네시스 님, 아침 식사 시간입니다."
"안 먹어, 나가 있어."

내 담당 시녀가 조심스레 방문을 열고 들어와 내게 말했으나, 난 얼른 나가 달라며 차갑게 굴었다. 난 내 마음을 표현하지 않더라도 시녀가 내 기분을 알아주길 바랐다.

"알겠습니다. 실례했습니다."

시녀가 난처한 얼굴을 하더니 이내 알아듣고 물러갔다. 아, 어제 사교계 모임 때 그렇게 먹었는데, 지금 배고프긴 배고프다….

생각해 보니까 친구들이랑 작별 인사도 못 나눴네. 서운해하진 않았을까 괜히 걱정된다. 뭐, 다들 레타카에 살고 있으니까 개별적으로 만나는 건 언제든지 가능하지만… 매주 사교계 모임이 있기에 결국 만나는 건 필연이 되므로 귀찮아서 안 만난다.

음… 지금쯤이면 우리 가족들이 한창 식사 중일 텐데, 카르자야 형은 지금쯤 어떤 기분이고, 아리엔느는 지금쯤 어떤 기분일까. 둘이서 무슨 대화를 나눌지도 굉장히 궁금하지만, 괜히 듣다가 스트레스만 더 받게 되지 않을까 싶어 토끼의 귀를 사용하지 않을 생각이다.

「똑똑」

그로부터 한 20분이 지났을까, 내 방문에 누군가가 노크하는 소리가 들렸다.

"페넨 형, 나 비스바덴이야. 들어가도 돼?"

지금 이 시각에 비스바덴이 나한테 무슨 용무가 있을까… 아침 식사를 안 해서, 그것 때문일까? 비스바덴과의 만남을 거절할 이유는 없지. 내가 들어오라고 말하자마자 문이 활짝 개방되었고, 비스바덴이 안으로 들어왔다. 그는 내가 상체를 일으켰을 때 이미 내 침대에 사뿐히 앉아있었다.

"네가 어쩐 일이야? 내 방에 다 들어오고."
"형하고 샤이나르가 아침을 안 먹으니까 내심 걱정돼서 와봤지. 알
고 보니까 샤이나르는 어제 과음해서 완전히 뻗었더라고."
"샤이나르 녀석… 술 많이 마시는 것 좀 자제해야 하는데, 그 녀석 때
문에 우리가 세릴에서 두 번씩이나 고생했잖아."
"하하, 뭐 그렇긴 한데… 하여튼, 몇 가지 물어볼 게 있어. 아침 식사
는 왜 안 했어?"
"일어나기도 귀찮고, 먹기도 싫더라."
"지금 배 안 고파?"
"아, 고프긴 고픈데….'

난 무의식적으로 내 배를 어루만졌는데, 그때 갑자기 내 뱃속에서
꼬르륵 소리가 크게 났다. 이에 비스바덴이 눈웃음을 지으며 말했다.

"배고픈 거 맞네. 페넨 형, 밥이나 먹으러 가자."
"밥 먹자니, 너… 아침 식사 안 했어?"
"물론 난 먹었지. 페넨 형하고 얘기하고 싶은 게 있어서 동행하려
고."

난 비스바덴의 권유에 따라 결국 아침 식사를 하기로 하였고, 침대
에서 일어나 간단하게 기지개를 켰다. 계속해서 하품을 해대며 비스
바덴과 함께 방을 나와 계단을 내려갔다.

"근데 오늘 아침 메뉴는 뭐야?"
"샌드위치."

"오, 진짜? 나 샌드위치 정말 좋아하는데!"

황족 식당에 다다르니, 중앙 테이블에 가족들이 식사한 흔적이 남아 있었다. 그중 샤이나르의 것을 포함해 2개의 샌드위치가 먹음직스러운 모습을 하며 접시에 그대로 남아 있었고, 접시마다 우유 잔이 하나씩 있었다. 난 샌드위치에 고기와 치즈, 햄이 들어가 있는 걸 확인하고는 자리에 앉아서 우걱우걱 신나게 먹어댔고, 내 반대편에 앉아있던 비스바덴이 그런 모습을 지켜보며 슬며시 미소를 지었다.

"그나저나, 할 말이 뭐야?"

샌드위치를 절반 정도 먹어가던 중, 문득 생각이 나서 비스바덴에게 물었다.

"어제 무슨 일이 있었는지 나한테 설명해줄 수 없을까?"
"어제 일이라… 어떤 일 말하는 거야?"
"어제 아무 일 없었어?"
"응."
"이상하다… 내가 보기엔 반드시 있을 것 같은데….."

비스바덴이 머리를 긁적이며 어리둥절한 모습을 보였다. 근데 비스바덴이 어제 일에 대해 알고 싶어 하는 이유가 뭐지? 난 그때 카르자야 형과 아리엔느하고만 얘기했는데…. 파티를 즐기는 데 열중했던 비스바덴이 이 일을 알고 있을 리가 없다.

"반드시 있을 것 같다니, 뭐가?"
"얘기해 줄까?"

이때 비스바덴은 아주 진지한 얼굴을 하고 있었다. 내가 모르는 무언가를 알고 있을 것 같은 그 표정을 보고선 조금 당황스러웠다.

"뭘?"
"오늘 있었던 얘기."
"오늘 얘기라면… 아침 식사?"
"응."
"한번 말해봐."
"오늘 아침 식사 때 아리와 카르 형 둘이서 굉장히 분위기 좋게 담화를 나눴어. 그중 아리가 압권이야. 카르 형에게 아~ 해보라고 하고 자기 샌드위치를 먹여주더라고. 난 페넨 형과 아리가 그런 모습을 보여주는 것은 당연하다고 생각하는데, 오늘은 페넨 형이 아니고 카르 형이 아리와 어울리니 이상해 보이더라."
"……."

난 샌드위치 먹기를 잠시 멈추고선 비스바덴이 하는 말에 좀 더 집중하였다. 비스바덴은 계속해서 자기가 목격자 신분인 마냥 오늘 본 것을 토대로 계속해서 얘기하였다.

"아리가 아버지와 어머니에게 이런 말도 하더라고. 자긴 결혼 언제 허락해 줄 거냐고… 난 페넨 형을 두고 얘기하는 줄 알았는데, 아버지가 생각해 보겠다고 말을 하니까 카르 형에게, 들었죠? 후훗… 이러는 거야."

그야… 앞으로 카르자야 형을 좋아해 달라고 내가 부탁까지 했으니… 하지만 이 얘기는 내게 커다란 스트레스를 안겨주었고, 더는 샌드위치를 먹고 싶지 않아졌다. 나는 샌드위치를 접시에 내려놓았다.

"역시… 괴로워하는 얼굴을 보니 어제 무슨 일이 있구나."

"그래… 맞아."

"나한테 얘기해줄 수 있어? 난 카르 형과 사이가 나빠서, 페넨 형의 편을 들어줄 수 있는데."

"… 좋아, 비스바덴 너니까, 얘기해주지."

카르자야 형이 내게 꺼낸 잔인한 말과 아리엔느에게 했던 얘기를 모조리 비스바덴에게 들려주었고, 비스바덴은 진지한 얼굴을 유지하며 내 얘기를 상세히 들어주었다.

"카르 형이 정신이 나갔구나."

비스바덴은 곧바로 카르자야 형을 비방하였다. 나도 얘기하고 나니 속이 조금은 후련해졌고, 날 걱정해주는 비스바덴에게 호감이 가기 시작하였다.

"근데 페넨 형, 내가 정말로 묻고 싶은 게 하나 있는데, 진심으로 아리를 포기하는 거야?"

나는 손쉽게 얘기할 수 없었다. 아직도 많이 왔다 갔다 하는 부분이 었기 때문이었다. 어제 한 생각은 다른 여자를 찾아보자는 것이었는데, 솔직히 말해서 아리엔느를 놓치기가 너무 아쉽다.

"하아… 모르겠다."

후련해진 지 얼마나 됐다고, 마음이 또다시 답답해졌다. 이에 비스바덴은 안쓰러운 얼굴을 하였다.

"그렇구나, 아직 확실히 결정 못 했구나… 샌드위치 좀 남은 것 같은데, 어서 먹어. 나중에 또 배고프다고 하지 말고."

"그래, 알았어…."

입맛이 떨어질 대로 떨어졌지만, 그래도 기운을 내어 남은 샌드위치를 내 입안에 넣고는 치아로 잘게 부숴나갔다.

"하아…."

아침 식사를 하고 내 방으로 돌아오는 동안 연이어 한숨을 쉬었다. 한숨을 많이 쉬면 일찍 죽는다던데, 알면서도 멈출 기미가 없었다. 비스바덴에게 그동안 감추고 있었던 일들에 대해 털어놓음으로써 약간 후련해진 것은 맞지만… 아, 모르겠다. 이럴 땐 잠이나 자는 게 최고지. 아무런 생각도 하지 말고 잠을 자는 거다. 그것만이 내 마음이 편해질 수 있는 유일한 방법이다. 난 그대로 침대에 눕고 잠을 청했다.

/

내가 잠을 자는 동안 카르자야 형과 아리엔느, 둘은 대낮부터 바깥에 외출하여 다정하게 레타카의 거리를 누비고 있었다. 흔히 말해 데이트다. 이건 좀 놀라운 사실인데, 같이 바깥 구경하러 나가자고 조른 것은 아리엔느 쪽이었다. 그녀는 카르자야 형의 팔에 팔짱을 끼며 즐거운 기분을 만끽하였고, 카르자야 형은 이에 홍조를 보이며 주변 사람들의 시선을 부끄러워하였다. 카르자야 형에게 연애다운 연애는 이번이 처음이니까… 그럴 수도 있겠단 생각이 들긴 한다.

둘은 여름의 무더위를 피하고자 아이스크림 가게에 들러 어떤 종류의 아이스크림이 맛있을까 하며 살펴보았고, 카르자야 형은 평소 취향대로 딸기 맛 아이스크림을 집은 데 반해, 아리엔느는 초콜릿 맛 아이스크림을 선택하였다. 둘은 아이스크림 가게 안에 구비된 테이블 의자에 나란히 앉아 맛을 음미하는데, 카르자야 형이 아리엔느가 혀를 내밀며 맛을 보고 있는 초콜릿 맛 아이스크림을 바라보더니 말했다.

"아리, 초콜릿 맛 아이스크림이 좋아?"
"네. 초콜릿이 가장 맛있으니까요."
"페네시스랑 비슷하군….""
"… 네?"

카르자야 형의 입으로부터 갑작스레 내 이름이 거론되자 아리엔느는 조금 당황스러웠다. 카르자야 형은 그런 아리엔느를 바라보며 다정하게 말했다.

"페네시스도 초콜릿 맛을 좋아하거든. 예전에 사 준 기억이 있어."
"그래요… 근데 오라버니."
"웅?"
"예전엔 페네시스 오라버니를 페넨이란 애칭으로 부르지 않으셨어요?"

아리엔느의 날카로운 말에 카르자야 형은 입가에 미소를 지으며 그 질문을 손쉽게 되받아쳤다.

"그게 뭐 어때서? 페네시스라고 부르면 안 돼?"

"안 된다거나 그런 것은 아니지만…."

아리엔느는 카르자야 형의 말에 조용히 생각에 잠겼다. 왜 페넨이라고 부르지 않는 거지? 언제부터 페네시스라고 불렀을까… 하며 과거 일을 떠올리려고 하는데, 카르자야 형이 그 행동을 만류하였다.

"아무 이유 없이 그렇게 부르기로 한 거야. 깊이 생각할 필요는 없어."

"그건 그렇고, 달라진 게 하나 더 있어요."

"응? 뭔데?"

"이젠 저 똑바로 쳐다보시네요? 어제는 안 그랬는데."

"어, 어라…? 지, 진짜네…."

카르자야 형 자신도 신기하다는 듯한 얼굴을 하며 가볍게 웃었다. 데이트하는 동안 너무나도 자연스럽게 아리엔느를 쳐다봤기에 신기할 수밖에 없다. 그녀의 화장한 아름다운 얼굴을 보면 항상 얼굴을 붉히며 시선을 다른데에 뒀던 형이었는데, 오늘은 전혀 그렇지 않았다.

'역시 어제 내가 모르는 무슨 일이 있었던 거야….'

카르자야 형과 아리엔느가 두 번째로 들른 곳은 의류점이었다. 아리엔느가 진열된 옷 중에 제법 잘 만들어진 줄무늬 원피스를 꺼내 들었고, 거울을 보며 이 옷이 자기에게 맞는지 비교해보고 있었다. 사이즈가 좀 애매했던 탓이었을까, 아리엔느가 카르자야 형을 바라보며 어떠냐고 물었다.

"몸에 딱 맞을 것 같은데? 입어 봐."

아리엔느가 탈의실로 들어갔을 때, 카르자야 형은 아리엔느가 줄무늬 원피스를 입고 나올 때의 모습을 상상하였다. 분명 잘 맞겠지, 암, 그럴 거야 하며 굉장한 기대를 품었다.

"저기… 어때요?"

귀족 평상복 차림에서 줄무늬 원피스로 탈바꿈한 아리엔느의 모습은 정말이지 완벽했다. 마치 아리엔느를 위해 준비된 옷인 것 같이 보일 정도다. 너무나도 아름다운 자태에 카르자야 형이 자기도 모르게 입을 떡하니 벌렸다.

"너무 잘 어울려, 깜짝 놀랐어."

카르자야 형은 자신의 감상을 솔직히 털어놓았다.

"정말요!? 고마워요."

카르자야 형은 카운터에 가서 원피스값을 계산하고 받은 종이봉투에 아리엔느의 평상복을 집어넣고는 가볍게 들며 같이 의류점 바깥으로 나왔다.

"음, 또 어디 가볼까?"
"우리 카페나 가요!"

아리엔느의 제안에 카르자야 형은 손쉽게 동의하였다. 안 그래도 할 얘기가 많았던 터라 마침 잘됐다며 아리엔느를 뒤따라 카페 안으로 입장하였다. 인적도 드물어서 비밀스러운 얘기를 하기에도 매우 적합하단 생각을 하게끔 하였다. 카르자야 형과 아리엔느는 주문한 커피가 나오자마자 맛을 보았고, 서로 만족스러운 얼굴을 취하였다. 지금이 순간이 대화하기에 적합하다고 생각한 카르자야 형이 아리엔느에게 물었다.

"아리, 내가 사실 너한테 물어볼 게 좀 있는데… 괜찮겠어?"
"네? 뭔데요? 중요한 얘기에요?"
"응, 나한텐 굉장히 중요해."
"말씀해보세요."
"내가 너에게 한 고백에 대한 답변… 아직 듣지 못했는데, 아직 생각 중인 거야?"
"네… 아직은요."

아리엔느가 고심 끝에 답을 내놓았다. 카르자야 형은 어제 일을 떠올리며 천천히 부드럽게 얘기하였다.

"네가 어제 나한테 자기는 페네시스를 더 좋아한다고 했었지… 그마음은 지금도 변함없는 거야?"
"사실 잘 모르겠어요… 카르자야 오라버니와 페네시스 오라버니 중누구를 좋아해야 할지…"
"그렇구나… 페네시스가 어제 너한테 무슨 얘기 했어?"
"네? 뭐가요?"

아리엔느는 할 대답을 생각하기 위해 일부러 역으로 물었고, 카르자야 형은 자기가 상세히 말하지 않아서 이해를 못 했구나 생각하였다.

"내가 너에게 고백한 이후에, 페네시스가 너에게 찾아오지 않았어?"

"아, 네. 찾아왔죠."

"그때 페네시스가 뭐라고 말했어?"

"그, 글쎄요… 저도 어제 술을 너무 많이 마셔서… 카르자야 오라버니가 매우 우울하시다는 얘기는 기억나네요. 그래서 제가 사과하러 오라버니의 방에 찾아간 거구요."

"그렇구나. 기억이 안 나는 거였군….."

잠시 커피 타임이 이어졌고, 아리엔느가 할 말을 먼저 떠올렸다.

"저도 오라버니에게 질문해도 될까요?"

"물론이지. 뭐든지 물어봐."

"페네시스 오라버니가 저를 좋아하게 된 계기를 아세요?"

카르자야 형에겐 매우 어려운 질문이다. 자기중심적인 사람이 타인의 계기를 알기는 쉽지 않다. 카르자야 형은 잠시 생각에 잠겼고, 아리엔느는 조금 식은 커피를 후루룩 마시며 상대방이 답변하길 기다렸다.

/

내가 아리엔느를 좋아하게 된 계기는 4년 전으로 거슬러 올라가지 않으면 설명할 길이 없다. 어느 화창한 봄날, 나와 카르자야 형, 샤이나르는 오늘도 어김없이 놀이터에 찾아왔다. 어릴 때는 놀이터에 있지 않으면 손발이 심심했다. 그래서 놀이터에 찾아왔다. 놀이터에는 여러 시설이 즐비했기에 우리가 놀기에는 최적의 조건이었다. 이 당시에도 비스바덴은 책을 가까이하여 거의 집에서 세월을 보냈던 터라 그는 우리와 잘 어울리지 못했다. 카르자야 형은 혼자서 그네를 타기 시작했고, 나는 아직 10살밖에 안 된 샤이나르가 그네를 타고 싶다고, 뒤에서 등 좀 밀어달라고 조르자 하는 수 없이 장단을 맞춰주었다.

　그네도 못 타고 쓸쓸히 샤이나르의 등만 밀어주고 있던 심심한 나는 문득 맞은편 입구에서 놀이터로 다가오는 두 사람이 눈에 띄었다. 그 두 사람은 어머니 키리카에와 다섯째 딸 아리엔느였다. 그 둘은 놀이터 안 벤치에 나란히 앉더니 우리 쪽을 바라보며 이야기를 나누고 있었다. 당시 아리엔느는 식사 때 서로 대면하는 것을 제외하면 좀처럼 말을 꺼내 대화하기도 어려웠던지라 우리하고는 잘 어울리지도 못했다. 단지 여자라는 점이 그녀의 오점이었다.

　여자는 남자와 엄격히 구별되어야 한다는 올리노프 왕국(당시는 아버지 카시우스가 황제로 군림하기 이전이기에 제국이 아닌 왕국이었다)의 관습에 따라야 하는 것이 정석이었으나, 그녀는 자신의 눈빛으로 하여금 자기도 같이 놀고 싶다는 기분을 표현하였다. 그런데 그 기분을 알아챈 건 나 혼자였다. 난 샤이나르 옆에서 신나게 그네를 타고 있던 카르자야 형에게 물었다.

"카르자야 형, 아리엔느도 같이 놀자고 할까?"
"응?"

　카르자야 형이 내 갑작스러운 제안에 모래밭에 발을 디디며 그네를 멈춰 세웠다. 카르자야 형은 의아한 얼굴로 날 바라보더니 말했다.

"아리하고 놀자고?"

"응."

"글쎄, 쟤가 우리랑 놀고 싶을까? 우리하고 말도 거의 해본 적 없는데."

"저기 얼굴 좀 봐봐. 놀고 싶어 하는 것 같은데?"

"그래? 페녠, 네가 가서 말해봐."

"응, 알았어, 형."

내가 샤이나르의 등을 밀어주다 말고 벤치를 향해 이동하자, 샤이나르가 금세 울음을 터뜨렸다. 그네를 타는 게 어지간히도 재밌었나 보다. 그의 큰 울음소리에 질린 카르자야 형이 나 대신 샤이나르의 등을 밀어주기 시작했다. 그랬더니 언제 울었냐는 듯 다시 밝은 표정을 지었다.

"아리엔느."

난 평소에 불러본 적이 없었던 아리엔느의 이름을 어설픈 말투를 구사하며 내뱉었다.

"네?"

내가 다가오는 모습을 관찰 중이었던 아리엔느가 나한테 이름으로 불리자 당황스러워하는 표정을 지었다.

"우리랑 같이 놀지 않을래?"

나는 손을 내밀었다. 내 손을 잡고 일어서라는 뜻이었는데, 아리엔느는 망설여졌다. 우리 남자들이랑 노는 게 정말 부끄러웠나 보다.

"뭐 하니, 아리엔느. 오라버니들이랑 같이 놀렴."

어머니 키리카에도 아리엔느에게 웃으며 재촉하자, 아리엔느가 마지못해 내 손을 잡고 일어선다.

"자, 잘 부탁해요. 오라버니."

내가 여자란 존재에 관한 개념이 바뀌기 시작한 것은 이때부터였던 것 같다. 별로 의식도 안 했는데, 손을 잡아보니 매우 따뜻하고 고운 느낌을 받았고, 이에 나도 모르게 기분이 좋았다. 아리엔느도 그걸 느꼈는지 슬쩍 미소를 보였다.

난 아리엔느를 데리고 일행과 합류, 다 같이 시소를 타기로 했다. 이 놀이터에 있는 시소는 4인승이라 둘둘 나눠서 타게 되었다. 나는 아리엔느를 앞에 태우고 가장 끝자리에 앉았다. 시소가 왔다 갔다 흔들릴 때마다 그녀의 생머리가 요동을 쳤고, 그 머리카락들이 내 얼굴에 맞닿았는데, 그때마다 맡게 되는 샴푸 냄새가 나의 본능을 계속해서 자극했다. 당시 9살이었던 아리엔느 덕분에 사춘기가 온 것이다.

우리는 세 번째로 얼음 땡 놀이를 하였다. 아리엔느에게 얼음 땡 놀이에 관한 간단한 설명을 마친 우리는 아리엔느를 술래로 만들고 장난스레 도망치며 놀려댔다. 아리엔느가 체력이 좋은 카르자야 형과 나를 따라잡을 수 있을 리 없었다. 그랬기에 아리엔느의 목표는 샤이나르였다. 저질 체력의 샤이나르는 열심히 도망치다 결국 아리엔느에 의해 붙잡혔다.

"바보, 얼음 했어야지! 여자한테 붙잡히다니, 하하하!"

카르자야 형이 샤이나르를 향해 비웃으며 조롱했다. 샤이나르는 자기가 여자에게 달리기로 따라잡혔단 사실이 매우 불쾌했는지 또다시 울기 시작했다. 아리엔느보다도 더한 이 울보를 위로하는 데에는 5분 가량의 시간이 필요했다. 결국, 참혹한 현실을 받아들인 샤이나르가 울음을 그치더니 술래가 되어 우리를 잡으려 들었고, 우리는 메롱을 남발하며 순조롭게 피해 나갔다. 아리엔느마저도 붙잡질 못하니 샤이나르가 또다시 울 것 같아 카르자야 형과 나는 놀이를 바꾸기로 합의하였다.

"코스모스 꽃이 피었습니다!"

이 놀이는 아리엔느도 아는 놀이인 것 같았다. 스스로 술래를 자처하더니 오두막 기둥에 두 손바닥을 갖다 대고 눈을 감추고는,

"페네시스 오라버니, 방금 움직였죠?"

능숙한 솜씨로 날 궁지에 몰아넣었다. 순식간에 걸린 나는 하는 수 없이 아리엔느에게 다가가 서로 새끼손가락을 걸었다. 코스모스 꽃이 피었습니다를 계속 이어서 진행하다가, 샤이나르가 재빨리 다가와 아리엔느와 나의 손이 맞닿은 부분을 끊고는 카르자야 형과 같이 도망치기 시작했다. 나도 샤이나르의 행동을 잽싸게 캐치하고는 빠른 반응속도로 전력을 다해 도망치려 했는데, 이때였다.

"잡았다!"

아리엔느가 나보다 더 빠른 반응속도를 보이며 내게 백허그를 하는 것이었다. 그때 나는 엄청나게 야릇한 느낌을 받았다. 여자에게 안기는 게 이런 느낌이었다니… 정말 상상을 초월했다. 내 볼은 순식간에

빨개졌다.

"페네시스 오라버니, 어디 아파요? 열나는 것 같은데."

아리엔느가 내 볼에 자신의 손바닥을 갖다 댔고,

"아, 아무것도 아냐!"

나는 애써 부인하며 일행에게 다른 놀이나 하자고 재촉했다. 우리가 네 번째로 한 놀이는 숨바꼭질이었다. 가위바위보 싸움에서 샤이나르가 패배하여 술래가 되었고, 나와 카르자야 형, 아리엔느는 샤이나르가 오두막 기둥에 눈을 기대고 카운트를 세자 어디에 숨을지 물색하기 시작했다.

"아리엔느, 나 따라와 봐."

나는 아리엔느의 손을 억지로 붙잡고 오두막 아랫바닥에 같이 들어갔다. 예전에 셋이서 숨바꼭질할 때 샤이나르가 유일하게 못 찾았던 위치가 바로 이곳이다. 등잔 밑이 어둡다는 말이 딱 들어맞는 이 장소, 우리가 설마 여기에 숨었을 거라 생각하지 못한 샤이나르는 카운트 세는 것을 끝내더니,

"형들, 나 찾는다!"

… 저 멀리 가버렸다. 그 광경을 엎드린 채 조용히 지켜보고 있던 아리엔느와 나는 긴장의 끈을 놓았다.

"저, 오라버니…."

"응?"

"제 손… 언제 놔주실 거예요?"

어라, 그러고 보니… 지금껏 잡고 있었구나. 난 왠지 모르게 부끄러웠지만, 내 속마음을 말끔히 털어놓았다.

"잡고 있으면 안 돼?"

내 본능이 이런 걸 어쩌랴, 난 모처럼 붙잡은 아리엔느의 손을 놓고 싶지가 않았다.

"저, 저도 그게 싫은 건 아니지만…."

내 행동에 아리엔느의 볼은 상기된 채였다. 샤이나르도 떠났겠다, 우린 속을 터놓고 얘기하기 시작했다. 지금 생각해 보면 그때가 정말 뜻깊은 시간이었던 것 같다.

"아리엔느, 나 말이야… 드디어 이성에 눈을 뜨게 된 것 같아."

"그, 그래요…?"

"여자랑 노는 게 이렇게 재밌는 줄 몰랐어."

"저도… 오라버니들이랑 놀아본 적이 없어서, 이렇게 재밌을 거라곤 생각 못 했어요."

"우리랑 노는 게 좀 부담스러웠니?"

"당연하죠… 저는 남자가 아니니까요. 그런데 어머님이 오라버니들 과 놀게 놔두신 건 조금 의외였어요. 평소에는 허락을 안 하셨으니까요."

"그렇구나… 저기 말이야, 아리엔느."

"네?"

"난 네가 좋아졌어."

"… 에?!"

"앞으로도 너 좋아하려고 생각 중이야. 아리엔느는 어떻게 생각해?"

난 활짝 미소 지으며 그녀에게 고백했다. 너무 어릴 때라 그런지 고백하는 데에 긴장감 같은 것은 크게 느껴지지 않았던 것 같다. 아리엔느는 어찌할 줄 몰라 하는 얼굴을 지으면서도 속으로는 이 고백을 기쁘게 받아들였다.

/

"이것이 페네시스 오라버니가 저를 좋아하게 된 계기요. 카르자야 오라버니는 페네시스 오라버니에 비하면 좀 늦은 고백을 하신 거예요."

어느새 커피잔을 비운 아리엔느가 나직하게 말했다. 카르자야 형은 아리엔느가 한 말을 듣고는 약간 진지해졌다.

"그래… 페네시스가 그때부터 아리를 좋아했구나."

"네, 맞아요."

"어찌 됐건 간에, 내가 아리를 좋아하는 것은 사실이야. 이 마음은 앞으로도 변치 않을…."

"카르자야 오라버니."

　자기 말을 단숨에 끊어버린 아리엔느, 카르자야 형은 순간 놀랐다. 아리엔느는 뭔가 하고 싶은 말이 있는 것 같아 보였다.

"제가 왜 이런 얘기를 꺼냈는지 알아요?"
"그, 글쎄… 왜 꺼낸 거야?"
"모르시는군요… 모르시면 됐어요."

　아리엔느가 원하는 순수한 사랑… 그것은 바로 나, 페네시스와의 사랑이라는 것을 카르자야는 모르는 것 같다.

/

　황족 식당에서 황족끼리 점심 식사할 땐 완전 초상집 분위기였다. 만취한 샤이나르를 제외한 우리 가족은 테이블 자리에 각자 앉아서 포크와 숟가락을 들었는데, 카르자야 형과 아리엔느, 나는 서로 약속이라도 한 듯 굳은 표정을 짓고 있었고, 아버지와 어머니만이 이 분위기를 읽지 못한 채 식사를 하며 둘이서 잡담을 나누고 있었다. 비스바덴은 식사하면서도 나와 카르자야 형을 번갈아 눈여겨보고 있었는데,

"먼저 일어나보겠습니다…."

　그 와중에 나는 무슨 죄지은 사람처럼 도중에 식사를 중단하고 방을

나섰다. 내가 일어설 때, 줄무늬 원피스 차림이었던 아리엔느의 조심스러운 시선이 느껴졌다. 카르자야 형과 오붓하게 얘기를 나누고 싶었을 텐데, 아무래도 내 존재가 방해됐겠지. 그래서 굳은 얼굴을 하며 눈치를 보고 있었던 것이고. 우울증이 올 것 같아 바깥으로 나갔다.

레타카의 거리를 아무 생각 없이 활보하려고 했는데, 삼삼오오 모여 움직이는 남녀 시민들 사이로 여러 종류의 커플을 볼 수 있었다. 그들을 바라보니 순간적으로 아리엔느가 떠올랐다. 솔직히 말해서 떠올리기 싫었다. 그대로 잊고 싶었다. 하지만 기억은 내가 원한다고 해서 지워지는 게 아니다. 기억상실증에 걸리지 않는 이상… 나중에 나보다 지식이 많은 비스바덴에게 한 번 물어볼까, 기억상실증에 걸릴 방법이 있다면 제발 좀 알려달라고.

"으아아아아아아아아!"

난 수많은 인파 한가운데에서 포효했다. 이에 조건 반사로 지나가던 레타카의 시민들이 날 힐끔힐끔 쳐다보기 시작했다.

"갑자기 왜 저러시지?"
"혹시 제2 황위 계승자 올리노프 페네시스 님 아냐?"
"그런 것 같은데, 무슨 일이라도 있으셨나?"
"으아아아아아아아아! 제기랄! 제기랄!"

난 한 번 더 힘차게 소릴 질렀다. 수도 레타카에 지진이란 재해가 찾아왔다고 모두가 느낄 정도로 대단히 크게. 포효한 뒤에 내 방으로 돌아오는 동안 연이어 한숨을 쉬었다. 비스바덴에게 그동안 감추고 있었던 일들에 대해 털어놓음으로써 약간 후련해진 것은 맞지만… 아,

모르겠다. 이럴 땐 잠이나 자는 게 최고지. 아무런 생각도 하지 말고 잠을 자는 거다. 그것만이 내 마음이 편해질 수 있는 유일한 방법이다. 난 그대로 침대에 눕고 잠을 청했다.

/

"위대하신 아버지, 그리고 어머니. 할 얘기가 있습니다."

카르자야 형과 아리엔느가 식사를 다 하고 자리를 뜨자마자, 비스바덴은 포크와 숟가락을 테이블에 내려놓고 목소리를 가다듬은 뒤, 지금 자신이 부모님에게 전달해야만 할 중요한 얘기가 있음을 내비쳤다. 닭고기를 맛있게 드시던 아버지가 자기 음식을 응시하다 말고 비스바덴에게 시선을 집중하였으며, 어머니 또한 마찬가지였다.

"그래, 말해 보거라."

아버지가 매우 궁금하다는 듯한 얼굴을 하며 위엄있게 말씀하셨다.

"아버지와 어머니께서는 어제 일어난 일에 대해 알고 계시는지요? 이를 묵인하기엔 너무 커다란 문제인 것 같아서 말씀드리는 거예요. 우선… 카르 형과 페넨 형이 일편단심 아리를 좋아하고 있다는 사실은 잘 알고 계시죠?"
"왜, 그 애들이 서로 싸웠든?"

어머니가 이야기의 요점을 너무 정확히 추리했기에 비스바덴은 살짝 당황한 표정을 지었다. 그러나 이내 진정하고 다시 말을 이어 하기 시작했다.

"어젯밤 사교계 모임이 있었던 그때, 카르 형이 아리에게 좋아한다고 고백했습니다. 하지만 아리는 페넨 형이 더 좋았기에 그 고백을 단칼에 거절했어요. 그 여파에 카르 형은 큰 충격을 받았고, 그 이후에 정신이 어떻게 된 건지는 잘 모르겠지만… 아리를 어떻게든 독차지하기 위해 페넨 형을 죽이겠다는 말을 당사자 앞에서 했습니다."
"……."

둘 사이에 잔인한 대화가 오고 간 것을 이번에 확실히 알게 된 아버지와 어머니가 너무 놀란 나머지 할 말을 잃은 채, 그저 비스바덴이 하는 얘기에 진지한 얼굴로 온 신경을 기울였다.

"어떻게든 카르 형과의 불편한 관계를 회복하고 싶었던 페넨 형은, 아리에게 앞으로 자기가 아닌 카르 형을 좋아해 달라고 부탁을 했고, 아리는 그 말을 그대로 따르고 있는 게 지금 현 실태입니다. 아버지, 어머니. 최근 들어 뭔가 좀 이상하다고 느끼신 적 없으셨는지요?"

아버지와 어머니는 오늘 아침 식사 시간 때 아리엔느가 했던 행동이 조금 거슬리긴 했다고 털어놓으셨다. 보통 같으면 바로 나, 페네시스와 할 법한 행동인데… 카르자야 형과 아리엔느가 같이 외출 나갔던 사실이 믿어지지 않는다는 둥, 부모님도 나름대로 생각하셨다고 한다. 어머니는 이게 웬 소란이냐며 화가 단단히 나셨고, 아버지는 화를 최대한 참으려고 하는 것 같아 보였다. 아버지의 과묵한 입이 천천히 열렸다.

"어제 그런 일이 있었군… 얘기해줘서 고맙구나, 비스바덴. 오늘 카르자야와 단둘이서 얘기를 해보마. 속이 꽉 막힌 녀석은 아니니, 나에게 혼쭐이 나면 원래의 카르자야로 돌아올 것이다."

"제 말을 끝까지 들어주셔서 감사합니다. 부디 평화롭게 이 사건이 마무리되길 기원하겠습니다. 부탁합니다, 아버지."

"그래, 걱정 말거라."

조만간 사건이 무사히 해결될 것 같은 느낌에 비스바덴은 한시름 놓았다. 닭고기를 모두 자기 배 속에 집어넣은 비스바덴이 식사 예절을 준수하며 먼저 자리를 떴다.

'아리에게는… 얘기하지 않는 게 좋겠지? 아직 너무 어리고, 이 일을 알게 되면 정신적으로 굉장히 힘들어질 테니까…'

/

"덤벼, 이 자식들아!"

아직 해는 중천, 난 여전히 잠이 안 왔다. 몬스터들을 잡아대면서 스트레스를 풀어야겠다. 수도 레타카 남문으로 나와 쟈린산맥 아래에 펼쳐진 넓은 대평원에 나온 나는 발검을 하며 옹기종기 누워서 휴식을 취하고 있던 늑대 녀석들에게 결투를 신청하였다. 늑대들은 내가 자기들에게 해를 가할 것이라고 생각했는지 금세 전투태세를 취했다. 늑대가 약한 몬스터는 아니었지만, 이미 예전에 늑대를 상대했던 그

경험을 되살려 늑대들과 정면으로 맞부딪혔다. 늑대 한 마리, 늑대 두 마리, 늑대 세 마리, 늑대들은 나와 대결을 펼치다 가죽 남은 시체로 전락해버렸다.

늑대를 모두 다 잡았을 때, 난 내가 받은 스트레스를 절반가량 날려 버린 것 같은 느낌이 들었다. 이제 와서 늑대 가죽은 필요 없다. 돈은 어차피 레타카 황궁에 널리고 널렸으니. 나는 대검을 거두고는 정처 없이 대평원을 걸어 다녔다. 늑대보다 좀 더 강한 몬스터를 찾고, 그 몬스터를 내 검으로 산산조각내야 이 답답한 마음도 진정이 될 것 같 았다. 그래, 나는 외로웠다. 아리엔느와 함께할 수 없는 이 현실, 더는 살고 싶지 않다.

이것이 행운인지 불행인지, 더는 살고 싶지 않다고 생각 중인 내가 두 번째로 만난 상대는 표범 한 마리였다. 내 상대로서 부족함은 없어 보이는군. 표범의 포효가 내게 무서움을 안겨주었지만 난 저돌적으로 움직였다.

"흐앗!"

표범 앞에 다가간 나는 외침과 더불어 대검을 휘둘렀는데, 표범이 제법 날렵한 몸놀림을 보이며 내 공격을 피했다. 이에 짜증이 나서 이 를 악물며 좀 더 공격적인 동작을 펼쳤는데, 이때 표범이 내 빈틈을 발견하고 순식간에 달려들어 날 눕혀버렸다. 표범은 영리하게도 내 몸을 이리저리 발톱으로 할퀴었고, 나는 누운 채 무방비 상태로 당하 고 있었다. 그래, 자살하기엔 용기가 없으니 이렇게 죽는 것도 나쁘진 않겠지…. 할퀴거나 깨무는 것이 매우 고통스러웠지만 난 계속해서 참아냈고, 난 체념을 하며 표범이 얼른 내 목숨을 끊어주길 기다렸다.

아리엔느, 내가 만약 죽는다면 가장 슬퍼할 사람이 너라는 사실은 알고 있어. 먼저 하늘나라로 가게 돼서 미안하다. 위대하신 아버지, 어머니, 먼저 가서 죄송합니다. 카르자야 형, 아리엔느와 행복하게 지내. 비스바덴과 샤이나르도 나 없다고 울지 말고 잘 지내고… 지금, 표범이 내 목을 깨물어 끝장을 내려는 모양이다. 난 표범을 바라보며 마지막까지 웃어 보였다.

"자, 죽여! 죽여보라고! 난 죽음이 두렵지 않아!"

내 말에 흠칫했는지 표범이 동작을 멈췄다. 뭐야, 내 말을 알아들은 건가…? 알아들었으면 얼른 죽여야지, 지금 이게 뭐 하는 거야…? 내 위에 올라타 있던 표범이 조심스럽게 뒤로 빠졌다. 난 상체를 일으키고는 표범을 지그시 바라보았다. 표범의 입이 움직이기 시작했다.

"네 녀석, 인간이 아니었군. 대체 정체가 뭐냐?"

이건 도대체… 설마 이건 꿈인가? 표범이 사람의 말을, 남자의 목소리로 하고 있어….

"무, 무슨 소리냐. 내가 인간이 아니라니."

내가 인간이 아니라는 말이 도대체 무슨 소리인지 몰라 그렇게 말했다.

"말 그대로다. 넌 어째서 인간의 형상을 하고 있지?"

적어도 지금의 표범은 내게 적의는 없는 것 같아 보였다. 이에 안심한 나는 표범에게 내 정체에 관해 알기 쉽도록 설명하였다.

"난 인간의 자식으로 태어났다. 인간의 형상을 하고 있는 게 당연한 것 아니냐?"
"자신의 정체를 자신도 모르고 있다니… 정말 안타깝군."
"인간인 나를 무시하다니… 싸움을 계속해 볼까?"

난 아직 내 손에 쥐어져 있던 대검을 일으켰다. 그러나 표범은 위기 의식이 느껴지지 않는 것인지 가만히 있는 채로 웃음소리를 내며 말했다.

"검술 실력도 허접한 주제에, 지금 날 상대로 이길 수 있을까?"
"너야말로 정체가 뭐냐? 표범 주제에 인간의 말을 하다니."
"표범이 인간의 말을 하면 안 되는 건가?"
"그렇지."

표범이 나와 말을 주고받다가 몸이 피곤했는지 풀밭에 그대로 누워 버렸다. 표범은 앉아있는 나에게 정중하고 부드러운 말투로 말했다.

"그나저나 네 몸에 상처 낸 건 사과하마. 인육이 맛있다 보니 나도 모르게 그만…"
"네 정체가 뭔지 알려줄 수 있어?"
"내 이름은 마론, 원래는 인간이었다. 간단히 말하면 변신술사라고 할 수 있지. 표범은 물론이고 토끼나 개, 원숭이, 고양이 등등… 여러 가지로 변신할 수 있다."
"원래는 인간이었다니… 인간으로 돌아가질 못하고 있는 거야?"
"그렇지. 너무 잦은 남용으로 인해서다. 그래서 하는 수 없이 표범의 삶을 살고 있었지.”

표범 주제에 사납기는커녕 웃긴 녀석이었군…. 변신술사인데 변신
하다가 인간으로 돌아가질 못하는 이런 불쌍한 존재도 다 있다니…
난 문득 떠오른 호기심에 입을 열었다.

“솔직히 말해봐. 인간으로 돌아가고 싶지?”
“아니, 난 지금 이대로가 더 좋다.”
“어째서지?”
“더는 일하지 않아도 되니까.”
“참 간단명료하군.”
“오히려 너에게 묻고 싶군. 넌 왜 인간이 아니면서 인간 행세를 하고
있지?”
“나 인간이라니까… 무슨 소리 하는 거야.”
“인간보다는 동물에 좀 더 가깝다.”
“어떻게 그걸 알 수 있지?”
“잘 생각해봐. 보통 인간과는 다른 능력을 갖추고 있지는 않은가?”

자, 잠깐만… 그러고 보니 나는 토끼의 귀와 매의 눈이라는 능력을
갖추고 있다. 이게 보통 사람들에게는 없는 능력이란 것도 알고 있다.
정말 이 표범, 마론의 말대로 내가 인간이 아니라는 건가…? 그러면
내가 어머니 배 속에서 자란 게 아니라, 어딘가에서 주워온 아이였다
고…?

“있어… 보통 사람처럼 평범하지 않은 능력…”

난 하는 수 없이 두 손 들어 인정했고, 마론은 내가 굉장히 궁금했는

지 계속해서 질문하려 들었다.

"차림새를 보아하니 귀족 같은데, 맞나?"

"올리노프 페네시스, 제2 황위 계승자다."

"오호, 그런 소중한 목숨을 가진 네가 왜 나한테 죽고 싶어 했지?"

"너무 슬픈 일을 겪었는데, 자살하고 싶어도 죽을 용기가 없어… 그래서 마침 잘됐다 싶었지."

"그렇군. 내가 얘기 좀 해도 될까?"

"뭔데?"

"인생에 정답은 여러 가지가 있어. 하지만 무턱대고 한 가지만 추구하다간 그것이 잘못됐을 때 큰 상처를 받게 돼. 내 말은 보험을 들란 소리야. 다른 길도 많아. 그리고 넌 올리노프 제국의 황태자잖아? 꽤 편하고 좋은 신분을 가졌으면서 사소한 것에 마음 두고 괴로워하지 마."

"너 설마 내 고민을 알고 있어?"

"아니, 왜?"

"너무 정확한 답변을 해 줘서…."

"네가 자살한다길래 해본 말인데, 어떻게 잘 들어맞았나 보네. 다행이군. 그나저나, 나한테 할퀸 상처는 어때. 아프지 않아?"

"아프지. 계속 참고 있어."

"레타카 병원에 들러서 백마법사에게 치료를 받도록 해. 요새 백마법은 진보할 대로 진보해서 이 정도 상처쯤은 쉽게 나을 수 있어."

"나 레타카에 병원이 어디 있는지 잘 모르는데…."

"황족 주제에 병원 위치를 모르다니… 하는 수 없군. 내가 동행하도록 하지."

"넌 지금 표범의 모습이잖아. 다른 동물로 변하는 게 좋을 것 같은데…."

"기다려."

갑자기 마론의 몸에서 강렬한 빛이 쏟아져나오기 시작했다. 나는 깜짝 놀랐기에 자리에서 일어선 뒤 뒷걸음질을 했다. 한 5초 정도 경과하더니 표범의 형상이 작아졌다.

"이 동물이면 충분하지?"
"그, 그렇지… 정말로 변신술사였구나. 굉장하네."

에구, 귀여워라… 나 갈색 털의 고양이 되게 사랑하는데.

/

표범에서 갈색 털의 고양이로 변신한 마론은 내 어깨에 올라타더니 말했다.

"자, 어서 레타카로 가 보자고."

나는 대검을 검집에 집어넣고 아픈 상처를 움켜쥐며 마론과 함께 레타카를 향해 발걸음을 옮겼다.

"저, 마론."

레타카의 남문을 가볍게 통과해 거리를 걷고 있던 나는 고심 끝에 변신술사의 이름을 불렀다. 마론은 별 대답 없이 날 바라보았다.

"정말 내가 인간이 아니라고 치면… 내가 인간이 아닌 것을 어떻게 안 거야?"
"뭐야, 그 얘긴가. 나는 상당한 마력을 지닌 마술사야. 무엇이든 간에 꿰뚫어 볼 수 있지. 네가 인간의 속성이 아예 없는 건 아니지만, 동물의 속성이 너의 몸 대부분을 차지하고 있어."
"그렇군… 내가 동물이라면 어머니가 내 어머니가 맞는 건가?"

난 내가 어느 배 속에서 태어났는지, 점점 내 정체를 알 수가 없어서 남이 듣기에 이상한 말을 꺼냈고, 마론은 진지하게 내 이야기를 들어주었다.

"그야 모르지. 하지만 궁금하다고 해서 부모님에게 다가가서 이런 얘기는 하지 마. 화를 자초할 수가 있어."

근데 마론의 말을 100% 신용할 수가 없는 게, 카르자야 형과 나는 굉장히 닮은 얼굴을 갖고 있다. 쌍둥이가 아닌데도 판박인 것이다. 이걸 생각해 볼 때 나는 어머니, 키리카에의 자식이 맞는 것 같은데… 으아, 모르겠다.

"근데 말이야."
"응?"
"너, 나이가 어떻게 되길래 나한테 반말하냐? 그것도 황위 계승자인 나한테."
"반말을 하면 안 되는 건가?"
"꼭 그런 건 아니지만…."

"난 20대, 너는 암만 봐도 10대 같은데… 얼굴을 볼 때 너무 어려 보이니까 반말을 쓰게 된 거지. 혹시나 불쾌했다면 용서해줘. 아, 물론 그렇다고 해서 반말을 안 쓸 생각은 없어."

마론이 남자의 중저음 목소리를 내는 것을 보니 변성기는 이미 지난 상태인 것 같고… 나이를 속이는 것처럼 보이진 않는다. 설마 자기 나이를 속이겠어? 웬만하면 믿어주도록 하자. 그나저나 주위 사람들의 시선이 자꾸 우릴 향하는 것 같은 기분이 든다. 고양이가 인간의 말을 하는 것이 굉장히 신기했나 보다.

"마론, 목소리 좀 낮춰. 시민들이 쳐다보잖아."
"그러도록 하지."
"근데 너의 가족은 잘 지내고 있어? 네가 인간으로 돌아가지 못해서 매우 슬퍼할 것 같은데."
"난 어릴 때부터 고아였다. 가족 따윈 없어."
"아, 그렇군. 내가 정곡을 찔렀나… 미안."
"상관없어. 이미 지난 일이고, 나도 마음의 정리는 다 했으니까."
"네 덕분에 난 변신술사란 게 존재한다는 것을 처음 알았는데, 변신술사가 되려면 보통 어떤 과정을 거쳐?"
"비주류에 속하기 때문에 국가에서 따로 가르치진 않는다. 독학하거나 가르치는 스승이 있어야만 하지. 지금은 돌아가셨지만 어릴 적에 변신술사인 스승님을 조우했다. 그게 계기가 되어 열심히 수련했지. 다른 존재로 변신하고 싶다는 욕망 그 하나만으로."
"단지 그것만 팠다는 소리네."
"그렇다."

이런 말들을 하다 보니, 예전에 나와 목숨을 걸고 싸웠던 빡빡이 아저씨가 떠올랐다. 조르디 펠리… 그 사람도 옷을 자유자재로 바꾸던데, 마론과 같은 과인가? 이런 궁금증에 마론의 대답은 이렇다.

"의상을 바꾸는 건 마나만 충분하다면 별로 어렵지 않다. 단지 쓰임새가 적어서 아무도 이 마술에 관심을 두지 않아 배우는 사람이 없지. 나와는 다른 과의 마술이다."

"마치 그 마술은 초급에 해당한다는 듯이 말하네."

"아아, 초급이라… 그렇지. 초급 맞아."

"너, 아까 날 잡아먹으려고 했던 걸 보아하니 배고픈 모양인데, 뭐 사줄까? 돈은 충분해서 아량을 베풀 수도 있는데."

"인간의 음식은 안 먹은 지 오래되긴 했는데… 굳이 먹고 싶은 게 있다면 샌드위치다."

우린 병원으로 가던 중에 잠깐 잡화 가게에 들러 제법 맛있어 보이게 생긴 샌드위치를 구매했다. 나는 가게 바깥으로 나오자마자 포장지를 뜯고 마론에게 한 입 한 입 정성스레 먹였다.

"어때, 맛있어?"

"나쁘지는 않군."

"무슨 대답이 그러냐, 좀 더 자기 마음에 솔직해져 봐."

"좀 전까지만 해도 자살하고 싶어 했던 제2 황위 계승자에게 그런 말을 듣고 싶진 않군."

"하하하…."

/

"카르자야, 있느냐?"

그 시각, 카르자야가 혼자 자기 방 침대에 누워서 종이책을 펴고 독
서를 하고 있었는데, 방문 노크 소리와 함께 아버지의 목소리가 들렸
다. 아버지가 자기에게 무슨 용무가 있는지 궁금했던 카르자야가 몸
을 일으켰다. 카르자야가 방문을 열자 아버지가 제법 심각한 얼굴을
하며 안으로 들어왔다. 카르자야가 물었다.

"무슨 일이시죠, 아버지?"
"우선 앉아서 얘기하자꾸나."

아버지의 권유에 카르자야는 별말 없이 따랐다. 둘은 침대에 나란히
앉았고, 아버지는 식은땀까지 흘리는 모습을 보여주며 현재 사태가
심각함을 무언으로 전달하였다.

"카르자야."
"네, 아버지."
"너에게 물어볼 게 있는데, 괜찮을까?"
"네, 편하게 말씀해주세요."
"혹시 네가 어젯밤에 페네시스를 죽이고 싶다고 당사자에게 얘기했
느냐?"
"… 네!?"

카르자야는 매우 놀란 표정을 짓더니 극구 부인하였다. 그는 리액션

까지 취하며 아버지에게 자신이 결백함을 증명하려 했다.

"정말이에요, 아버지. 제가 페넨한테 그런 말을 왜 해요? 가장 절친한 녀석에게 제가 왜 죽이고 싶다고 말하겠어요?"

"점심 식사 때 비스바덴이 나한테 얘기하더구나. 네가 그런 말을 했다고."

"제발 부탁이니 절 믿어주세요, 아버지."

"으음… 한 치의 거짓말도 없다고 말할 수 있느냐?"

"네. 저는 페넨을 죽이겠다는 말을 한 적이 없습니다."

"비스바덴이 나한테 거짓말을 할 이유는 없지 않으냐. 꽤 자세히 설명하던데."

"이건 분명 모함이에요. 페넨한테 물어보세요. 페넨이라면 진실하게 답해줄 거예요."

아버지는 카르자야의 말에 긴가민가하였다. 도대체 누가 거짓말을 하는 것인가… 카르자야의 눈빛은 정말로 억울하고 누명을 풀고 싶다는 그런 눈빛이었다.

"어쨌든 잘 알았다. 카르자야, 나중에 페네시스가 오면 비스바덴과 함께 넷이서 모여서 얘기를 해보자꾸나. 동의하겠느냐?"

"물론입니다."

/

"마론, 너… 내 애완동물이 되지 않을래?"

레타카의 병원에 들러 백마법사로부터 상처를 공짜로 치료받은 나는 유유히 거리를 걸으며 황궁으로 귀환하던 도중, 아직도 내 어깨에 올라탄 채로 말없이 하품만 하는 갈색 털의 고양이에게 물었다. 내가 왜 이런 요청을 한 것이냐면, 전투 능력도 뛰어나고 여러 동물로 변신이 가능하기에 쓰임새가 많아 앞으로 나에게 여러모로 도움이 될 것이라는 생각하에서다. 이에 마론이 피식하며 가볍게 웃었다.

"풋… 내 그럴 줄 알았다. 페네시스, 너는 정말로 정이 많은 아이구나. 만난 지 얼마나 됐다고 벌써 이렇게 정을 주다니. 한편으론 그런 점이 마음에 들긴 하는데, 너 계속 이러다 나중에 큰코다치는 수가 있어. 어떤 인간에게라도 정을 지나치게 많이 주지 마."
"알았으니깐… 확실히 대답해. 내 애완동물 될 거야, 안 될 거야?"
"먹이만 잘 준다면 고려해 보도록 하지."

이 녀석… 비록 동물로 변신한 인간이긴 하지만 생각하는 수준은 이미 동물이군. 음식의 유혹을 못 이기고 있다. 아아, 황궁의 요리사들이 하는 요리가 서민들이 먹는 음식들에 비하면 꽤 맛있긴 하지. 이해가 안 되는 건 아니야.

"좋아. 요리사들에게 부탁해서 너에게 음식 주라고 할게. 단, 조건이 있어."
"무슨 조건이지?"

"황궁에서는 고양이 모습으로 있을 것. 그리고 절대 남이 있을 때 말하지 말 것. 이 두 가지만 확실히 지켜주면 돼. 어때?"

"어려운 건 아니군. 너와 단둘이 있을 때만 말해도 된다는 건가."

"그렇지."

황궁 바깥의 경비를 뚫고 건물 안으로 입장하려는데, 정문에서 사람이 한 명 나오고 있었다. 누군가 했더니 어느샌가 만취 상태에서 깬 샤이나르였다. 이때 샤이나르는 어제 술을 너무 많이 마셔서 머리가 아픈 듯, 한 손으로 이마를 짚고 있었다.

"여어, 샤이나르, 어디 가냐?"

내 말에 샤이나르가 무슨 대답을 할지 상상은 갔으나, 나는 모르는 척 샤이나르에게 말을 걸었다. 엉뚱하게도 샤이나르의 대답은 이렇다.

"나? 친구들하고 술 마시러."

참 멋지군. 점심 식사 시간도 지나고 이제 겨우 깨어난 주제에… 또다시 친구들과 술 한잔하러 가겠다는 건가. 술이 무슨 보약이야? 난 샤이나르가 왜 이렇게 술을 가까이하는지 도무지 이해할 수가 없다.

"샤이나르, 황족이다 보니 돈 걱정은 없으니까 술을 계속해서 마실 수는 있지만, 형으로서 말리고 싶어. 술을 가까이하는 건 좋은 선택이 아니야. 술과 가까워지면 가까워질수록 현실을 마주하지 않고 도피를 하게 된다고. 때론 검소할 줄도 알아야 해."

내 갑작스러운 설교가 순간적으로 샤이나르의 마음을 바꿀 수 있을 거란 생각은 안 했다. 샤이나르는 내가 한 말을 듣더니 살짝 진지해진 표정을 지으며 투덜대듯 말했다.

"… 페녠 형은 내 마음을 모르겠지. 내가 왜 술을 마시는지… 비스 형이 이 말을 했다면 난 반박했겠지만, 모처럼 페녠 형이 해준 말이니까 새겨는 들을게. 하지만 날 너무 바꾸려고 하지 마. 내 갈 길은 내가 정할 거야."

"그래. 그런 점은 이해해줄게."

"… 고마워, 페녠 형. 그럼 가볼게."

샤이나르가 날 지나치더니 빠른 걸음으로 저 멀리 가 버렸다. 하아, 새겨듣긴 뭘 새겨들어. 어차피 술 마실 거면서… 내 말도 잘 안 듣는데 카르자야 형이 말해도 소용없겠지. 그래, 넌 너 갈 길을 가라. 나도 더 이상은 말 안 할게. 이때 마론이 내 목 부분을 툭툭 건들며 말했다.

"샤이나르가 제4 황위 계승자, 맞지?"

"응, 그런데?"

"내가 너의 어깨에 뜬금없이 있었는데 왜 내 이야기를 안 할까?"

"그야 술 덜 깼나 보지…."

나는 5층에 위치한 내 방에 가기 위해 계단을 올라가던 중에, 마론은 잠시 생각하는 듯하다가 이내 말을 뱉기 시작했다.

"흐음, 하여튼… 내가 샤이나르와 얘기를 나눠 본 것은 아니지만, 샤이나르가 옳고 그름을 네가 직접 판단하지는 마. 샤이나르는 술이 없으면 못 살 정도로 현재 삶이 힘든 거야."

"난 내가 아무리 힘들다고 느껴도 술이 필요하다는 생각은 안 들던데… 물론 나도 술 마시긴 마셔. 하지만 샤이나르처럼 저렇게 과음하진 않아. 샤이나르는 해가 떠 있을 때도 잠을 계속 잘 정도인 데다, 아무리 깨워도 일어나지 못할 정도로 마신다니까? 너 같으면 말리고 싶겠어, 안 말리고 싶겠어?"

"아니, 그러니까… 페네시스, 내 말 잘 들어. 절대 너의 기준만으로 판단하려 하지 마. 너의 기준이 무조건 틀렸다고 말하는 건 절대 아니야. 이건 타인의 입장으로 판단해야 할 문제야."

에라, 도대체 뭔 소린지 난 정말 모르겠다… 마론이 어느 순간부터 공격적인 말투로 바뀐 것 같아서 나는 짜증을 부리기 시작했다.

"마론, 이제 그만하자. 이제부터 내 신경 좀 건들지 말아 줘."

마론이 내 말에 토라진 듯 내 어깨에서 내려오더니 내 방이 어디에 있는지 묻고는 계단을 따라 내려가 버렸다. 난 어느새 5층에 도달해 내 방 안으로 들어가려던 찰나였는데, 카르자야 형의 방에서 위대하신 아버지와 첫째 아들이 걸어 나오고 있었다. 그 둘은 동시에 인기척을 느끼고 내 쪽을 바라보았다. 나는 그들에게 다가가서 말했다.

"아버지, 둘이서 무슨 얘기 나누셨어요?"

카르자야 형의 얼굴 표정이 심상치 않았기에 지레짐작할 수도 있었지만, 난 우선 물어본 다음에 생각하는 게 좋을 것 같단 예감에 그렇게 행동했다. 아버지가 불편한 기색으로 헛기침하시더니 나에게 물었다.

"음, 페네시스. 지금 당장 비스바덴을 데리고 내 방으로 오너라. 할 얘기가 있다."

"… 네? 중요한 일인가요?"

"그래, 얼른 서둘러라."

나는 아버지의 방으로 들어가는 두 사람을 멍하니 바라보다 문득 정신이 들어 비스바덴의 방문 앞에 가서 황급히 노크했다.

"비스바덴! 비스바덴! 방 안에 있니? 아버지가 부르셔!"

몇 초 안 있어 방문이 열리고, 방의 주인이 모습을 드러냈는데 이미 잠옷 차림이었다. 눈을 비비는 것을 보아하니 한숨 자고 있었던 것 같다.

"왜 그래, 페넨 형?"

"아버지가 우리 부르셔. 잠옷 차림이어도 좋으니까 얼른 서두르자."

"서두르다니, 무슨 일 있어?"

이때의 나는 전혀 모르고 있었지만, 비스바덴은 스스로 걱정이 들었는지 표정이 조금 굳어졌다. 자신이 아버지와 어머니에게 한 얘기가 이 상황으로 전개된 것이 아닌가, 비스바덴은 그렇게 여기고 있었다. 우리는 종종걸음으로 움직여 아버지의 방에 들어갔다.

/

    침대에는 카르자야 형과 아버지가 나란히 앉아있었고, 그 앞에는 비스바덴과 내가 서 있는 채로 서로를 바라보고 있는데, 아까부터 진지한 얼굴을 한 아버지가 먼저 말을 꺼내기 시작했다.

    "우선 너희를 부른 것은 다름이 아니고, 할 얘기가 있어서다. 거짓 없이 진실하게 답변하길 바란다."

    아버지가 이렇게까지 말씀하시니 목소리에 집중하지 않을 수 없었다. 아버지가 할 말을 계속하였다.

    "우선 카르자야, 너부터 말해보아라. 어제 죽이고 싶다는 말을 페네시스에게 했느냐?"
    "분명히 안 했습니다."

    카르자야 형이 딱 잘라 말하였고, 비스바덴은 이런 거짓말에 동공이 커지고 숨소리가 살짝 거칠어졌다. 나는 겉으로는 드러내지 않았지만 카르자야 형의 거짓말에 놀란 것은 비스바덴과 마찬가지였다. 그 죽이겠다는 소릴 들은 내가 자기 앞에 당당히 있는데, 카르자야 형은 너무나도 자연스럽게 거짓말을 했다. 그렇다는 것은….

    "아버지, 제게 발언권을 주세요."
    "그래, 비스바덴."
    "지금 카르 형은 거짓말을 하고 있습니다. 전 오늘 아침에 페넨 형과 같이 이야기를 나누었어요. 전 그때 똑똑히 들었습니다. 카르 형이 자신을 죽이려 했다는 말을요."

카르자야 형은 그런 말을 하지 않았다고 하고, 비스바덴은 그런 말을 했다고 하니 아버지의 심기가 점점 불편해지기 시작했다. 그러한 아버지가 자신의 심정을 털어놓았다.

"두 아들이 서로 다른 말을 하니 아버지의 입장인 나로선 마음이 정말 아프구나. 누가 거짓말을 하고 있는 건지 모르겠다."
"전 분명히 안 했습니다. 정말이에요. 믿어주세요, 아버지!"
"아버지, 카르 형은 분명 그런 말을 했을 겁니다! 그러고도 남을 사람이에요. 제가 페넨 형한테 직접 들었다니까요?!"

비스바덴이 답답한 나머지 언성을 높였고, 카르자야 형이 화가 난 나머지 이에 반박하기 시작했다.

"어이, 비스. 너 정말 이러기냐!? 왜 없는 일을 가지고 나한테 시비야? 내가 페넨을 죽이겠다는 말을 한 걸 듣기라도 했어!?"

아니, 이럴 수가… 어제는 나보고 페네시스라고 불렀던 카르자야 형이 이제는 또 날 페넨이라 부르기 시작했다. 이게 도대체 어떻게 된 일이지? 난 전혀 이해가 가지 않았다. 앞으로 계속해서 페네시스라 부를 것 같았던 형이 갑자기 왜 이럴까?

"그러는 카르 형이야말로 도대체 왜 거짓말을 하고 있는 거야? 난 정말 이해가 안 돼. 했으면 했다고 하지 왜 거짓말을 하면서까지 자신을 변호하고 있는 거야? 그냥 페넨 형한테 미안하다고 사과를 하면 되잖아!"

"비스, 너 이 자식…!"

카르자야 형이 순간적으로 자리에서 일어나더니 비스바덴이 입고
있는 잠옷에 멱살을 잡았다. 비스바덴은 멱살을 잡혔지만 뜻을 굽히
지 않았다. 카르자야 형이 이를 갈며 모두에게 다짐하듯 외쳤다.

"맹세한다. 내가 거짓말을 하고 있다면 나는 곧 죽을 것이다!"

이건 거의 청천벽력과도 같은 소리였다. 자신은 절대 그런 적이 없
다며 으름장을 놓은 것이다. 거짓말을 했으면서도 이렇게 말하는 것
은 도대체 무슨 생각이 있어서일까? 내가 어제 있었던 사실을 그대로
말하기만 하면 카르자야 형은 순식간에 수세에 몰리는 판국이다. 그
냥… 있는 그대로 말해버릴까? 카르자야 형이 날 죽이고 싶다고 말한
것은 틀림없는 사실이다. 그건 절대 꿈이 아니었다. 실제로 있었던 일
이었고, 난 그때 카르자야 형에게 살인 당할지도 모른다는 생각에 무
서움과 두려움을 동시에 느꼈다. 난 이마와 목에 땀방울이 생겨나기
시작했다. 이런 현상은 아버지도 마찬가지였다. 급기야 카르자야 형
이 멱살을 놓더니 내 쪽을 바라보며 얘기했다.

"아버지, 페넨이라면 진실을 말할 겁니다! 그렇지, 페넨!?"
"나, 나는…."

이어서 비스바덴이 내게 재촉하기 시작했다.

"페넨 형! 인제 그만 진실을 폭로해! 카르 형이 거짓말하고 있다는 사
실을 아버지에게 말해달라고! 페넨 형은 들었잖아! 카르 형이 페넨 형
에게 죽이고 싶다고 말한 것을!"

"그러니까, 나는…."

아아… 머릿속이 점점 어지러워진다. 어떻게 대답해야 할지 감이 안 잡힌다. 어떻게 말해도 형제 중 하나는 피해를 받는다. 그렇게 된다면 누구든 간에 나에게 적대적인 감정을 품을 게 뻔하다. 어떻게 말해야 둘 다 아무렇지도 않게 넘어갈 수 있을까… 도대체 어떻게 하면 넘어갈 수 있을까… 계속해서 묘안을 떠올리려 했지만, 생각이 나는 게 없었다.

"페네시스, 인제 그만 진실을 말해라. 어제 카르자야가 널 죽이고 싶다고 말한 것이 사실이냐?"

아버지가 이 괴로운 싸움에 마침표를 찍기 위해 부드러운 목소리로 내게 물었다. 난 아버지의 말을 듣고도 함부로 대답할 수 없었다. 카르자야 형과 비스바덴이 다시 한번 내게 진실을 요구하였다.

"페넨, 어서 말해! 난 결백함을 증명하고 싶어!"
"페넨 형! 왜 말을 못 해?! 얼른 말해서 카르 형이 잘못했다는 것을 아버지에게 알리자고!"

잠깐만, 그러고 보니 어제… 카르자야 형은 아리엔느가 고백을 거절한 이후에 울음을 터뜨렸고, 그 이후에 어떻게 된 것인지….
완전히 미쳤다고 생각될 수밖에 없을 정도로 사악한 얼굴이 되어서 당시 발코니에 있던 날 찾아왔다. 내가 아는 카르자야 형은 전혀 그렇지 않았다. 카르자야 형이 내게 그런 말을 한 게 신기할 정도로 나와 카르자야 형은 굉장히 친했다. 정말이지, 우리의 우정이 영원히 변치 않을 것만 같은 느낌이었다. 그런 카르자야 형이 내게 죽이고 싶다는 말을 한 것은 전혀 이해가 가지 않는다.

 잘 생각해보자… 어쩌면 카르자야 형이 어제 일을 기억하지 못하고 있는 것은 아닐까? 혹시 이중인격이 있는 것이 아닐까? 아리엔느가 자신을 찼을 때 큰 충격을 받았고, 이로 인해 인격이 바뀌었다면 자신이 한 행동을 기억하지 못할 가능성도 있을 수 있다고 생각한다. 그렇게 생각한다면 지금 카르자야 형이 이렇게 내게 진실을 요구하는 것도 이해가 간다. 그래, 카르자야 형은 원래부터 착한 사람이었다. 내게 절대 죽이고 싶다고 말할 그런 사람이 아니다. 우스갯소리였거나 카르자야 형의 인격이 바뀌어서 그랬던 걸 거야… 난 그렇게 믿고 싶다. 혹시 그게 아니고 진심으로 한 말이더라도, 난 카르자야 형을 용서하고 싶다. 그저 카르자야 형을 변호하고 싶다. 그렇게 확신한 나는 천천히 입을 열었다.

"… 아버지, 진실을 말씀드리겠습니다."
"그래, 페네시스."
"카르자야 형은 제게 그런 말을 한 적이 없습니다. 순전히 비스바덴의 착각입니다. 저는 비스바덴에게 카르자야 형이 저를 죽이겠다고 하는 말을 들려준 적이 없습니다. 이것은 진실이며, 저는 결백합니다."
"하아… 말도 안 돼… 페넨 형!"

 비스바덴의 답답함이 가득한 울부짖음이 내 귀에 생생히 전달되었다. 굉장히 억울하다는 얼굴이었다. 나는 그러한 비스바덴의 심장에 비수를 꽂았다.

"비스바덴, 이제 거짓말은 그만해. 듣자 듣자 하니까 정말 성질 뻗치

게 하네. 네가 나한테 무슨 얘길 들었다고 지금 이렇게 카르자야 형한테 대드는 거야!? 네가 그렇게 잘났어? 대체 뭘 믿고 그래!?"

"페넨 형! 난 페넨 형의 말을 들었으니까 이렇게 말하는 거잖아! 왜 이래, 갑자기!"

"아하, 맞다. 너 지금 카르자야 형을 질투하는 거지? 카르자야 형이 거짓말을 하고 있다고 몰아세우면서 아버지에게 미움을 받게 하고, 너는 진실을 말했다고 인정을 받아서 아버지의 뒤를 이어 차기 황제가 되고 싶은 거구나. 맞지?"

"……."

"비스바덴, 잘 들어. 넌 정말 썩었어. 네가 이렇게 나쁜 녀석인지 몰랐다. 정말 실망이야."

"페넨 형… 난 단지 형을 변호하기 위해서…"

"아버지, 방금 제가 한 말들은 모두 사실입니다. 한 치의 거짓말도 없습니다."

아버지가 내 말을 들으시더니 드디어 사건의 전말을 파악한 듯했다. 목소리를 가다듬으시더니 비스바덴을 향해 말씀하셨다.

"비스바덴, 내가 너를 잘못 봤구나. 난 네가 진실만을 말하는 아들로 여기고 있었는데, 오늘은 거짓말을 하면서까지 자신의 형을 모함하다니…"

"아버지! 페넨 형이 왜 갑자기 거짓말을 하는 것인지는 모르겠지만, 전 페넨 형에게 있는 그대로의 사실을 듣고 변호한 거라고요! 왜 저를 의심하십니까! 카르 형과 페넨 형이 지금 거짓말을 하는 거예요! 믿어 주세요! 저는 순전히 진실만 말하는 사람이잖아요!"

"닥쳐, 비스! 이 거짓말쟁이 녀석! 넌 정말 할 줄 아는 게 거짓말밖에 없구나!"

카르자야 형이 비스바덴에게 상처를 줄 만한 말을 꺼내자, 비스바덴의 눈가가 금세 촉촉해졌다. 그러더니 결국 눈물을 흘리기 시작했다. 아버지가 자리에서 일어나더니 말했다.

"··· 난 국정을 돌봐야 하니 먼저 자리를 뜨마. 모두 해산해도 좋다."

아버지가 먼저 방을 나갔고, 비스바덴이 울음을 그치려고 애를 쓰며 뒤이어 나갔다. 나는 나가기 전에 카르자야 형을 잠깐 바라보았는데, 나와 눈이 마주친 형이 내게 말했다.

"페네시스, 넌 역시 착한 녀석이야. 하핫···."

난 어제 보았던 카르자야 형의 사악한 미소를 다시 한번 보게 되었다.

/

그야말로 스트레스 만땅이다. 비스바덴이 나를 적극적으로 변호해 놓고서, 정작 나는 카르자야 형의 편을 들은 상황, 어이없게 피해를 받은 이가 내 방에 들어오는 것도 당연한 이치다.

"페넨 형, 잠깐 들어가도 돼?"
"응, 들어와."

약간의 울음기가 있는 목소리, 그것은 바로 비스바덴이었다. 카르자야 형에게 졌다 이겼다 할 상황이 아니었다. 여기서 분명한 것은 카르자야 형이 맛이 갔다는 것이다. 아리엔느란 여성의 고백 거절로 인해서….

"페넨 형."
"응……."
"왜 그랬어? 도대체…"
"미안하다. 비스바덴. 내가 생각이 너무 깊었어."
"난 페넨 형을 도와주려고 그렇게 치열하게 설전을 벌였는데…"
"……."
"하아, 페넨 형이 자꾸 이런 식으로만 말하면 나도 계속 같은 편이 되어줄 수는 없어."
"잘 알고 있다. 명심할게."
"… 그래, 페넨 형. 침대에 누워서 쉬어."
"응."

비스바덴이 바깥 복도로 나오는 순간, 갈색 털의 고양이, 마론이 재빨리 내 방으로 들어왔다. 그리고 문은 닫혔다.

"뭐 했냐, 마론."
"황족 식사를 체험했지. 흐흐."
"나 아직 요리사한테 아무 말도 안 했는데, 고양이인 너한테 밥을 줬다고?"
"그래. 뭐, 불만 있냐?"
"아, 아니… 아무것도 아냐."
"여기 올리노프 제국에서는 고양이가 인기 동물인 듯하더만? 어쨌든 페네시스, 내가 사실 복도를 둘러 보며 다녔거든? 그중에 5층이 제일 재밌었는데 말이야."

"… 들었군."

"하하하. 꽤 재밌더만. 한 남자를 놔두고 두 남자의 치열한 공방전~"

"그나저나 이제 어쩌지… 비스바덴에게도 비수를 꽂은 것 같아서…"

"그 비스바덴이란 자는 네가 어떤 행위를 해도 절대 너에게 해를 끼칠 사람이 아니다. 나보다도 늦게 파악하다니, 넌 정말 바보로군!"

"그래…? 그럼 샤이나르는?"

"샤이나르는 기회주의자, 그에게 악한 힘이 주어진다면 모든 사람들에게 피해를 줄 사람이다. 가장 위험한 케이스다."

"샤이나르가? 그냥 친구들하고만 놀고먹고 지내는데?"

"페네시스, 난 봤다. 샤이나르를."

"음…?"

도대체 무엇을 봤다는 것인지 전혀 예측이 되지 않았다. 계속 물어봤으나 마론은 답변을 삼갔다.

"뭐, 나중 되면 천천히 알게 되겠지. 흐흐."

… 이런 대화를 하면서 말이다. 나는 결심했다. 카르자야 형과의 대립을 끝내기 위해 침대에서 일어나 평상복 차림으로 바꾼 뒤에 방 바깥으로 나왔다. 마론이 점프해서 내 속주머니에 쏙하고 들어간 채로 1층 회의장으로 곧장 달려갔다.

"자, 다음!"

용상에서 재판을 담당하고 있던 아버지가 위엄이 서리게끔 하였다.

다음 차례는… 올리노프 페네시스였다.

"페네시스! 네가 웬일이냐?"
"존경하는 아버지, 드릴 말씀이 있습니다."
"그래, 말해 보거라."
"사실 카르자야는 저를 죽이겠다고 말한 적이 있습니다. 장소는 2층, 발코니에서. 비스바덴의 자리를 비키게 하고 나서 말입니다."
"그러면 5층에 있었을 땐 왜 거짓말을 했느냐?"
"저는 카르자야가 이중인격이 아닌가 생각했었습니다. 그런데 마지막에 제 뒤에서 이런 말을 했습니다. 페네시스, 넌 정말 착한 사람이야, 라고요."
"지금 당장 카르자야와 비스바덴을 끌고 와라!"

이에 카르자야 형과 비스바덴이 회의장으로 소환되었고, 물론 나도 그 자리에 합석했다. 아버지가 말했다.

"페네시스가 말한 것과 비스바덴이 말하는 것은 거의 일치한다. 카르자야, 뭐 할 말 없느냐?"
"… 없습니다."
"당분간은 감옥행이다. 여봐라, 저 배은망덕한 녀석을 감옥에 쳐넣어라!"

카르자야 형은 정말로 감옥행이었고, 나는 속으로 기뻐했다. 드디어 아리엔느와 데이트를 다시 할 수 있기 때문이다. 나는 5층의 아리엔느의 방으로 들어갔다.

"어머, 페네시스 오라버니…?"

"우리가 이겼어, 아리엔느!"

"… 예? 설마…."

"카르자야 형이 고백이 끝나고 나를 죽이겠다고 말한 적이 있었어."

"어머… 카르자야 오라버니가…."

"그래서 지금은 감옥행이야."

"아무리 그렇다지만 감옥행이라니 조금 심하네요."

"아쉽지만 이미 늦었어."

"네? 으앗!"

난 아리엔느를 침대에 눕히고 나 또한 옆에 누워서 잤다. 둘이서 이런 적도 오랜만이지…

"부럽구만."

나와 아리엔느가 한숨 푹 자고 있을 때, 아리엔느의 방 침대 아래에 위치한 마론의 독백이었다.

/

"하아, 하아… 젠장!"

난 꿈을 꾸고 있었다. 밤길 숲속과 숲속 사이를 뛰어다니며 도망치고 있었는데, 궁수들에게 시도 때도 없이 공격을 받았고, 나는 곧 쓰러졌다. 나는 죽기 전에 큰소리쳤다.

"이것이 운명이라면, 난 받아들이겠어!"

난 여러 병사들에게 붙들렸다.

/

"아리엔느."
"네, 페네시스 오라버니."
"이것이 운명이라면?"
"난 받아들이겠어!"
"후후."

아침, 드디어 알아낸 듯하다. 내가 아리엔느와 같이 잠자리를 할 경우, 과거이든 미래이든, 혹은 현재이든 간에 경험하지 못한 것을 경험하게 해 준다. 이게 어떻게 가능하지? 참으로 신기할 노릇이다. 꿈을 공유한다라… 과학의 힘으로 이것을 설명할 수 있을까? 그나저나, 아리엔느는 걱정이 되는 모양이다.

"페네시스 오라버니, 꿈이 진짜라면, 사실이라면….."
"아아, 궁수들에게 당했던 거? 그런데 내가 죽었다는 이야기는 없었잖아?"
"그건 그렇지만요. 조심하셔야 해요. 아셨죠?"
"아하하, 너무 걱정 말라고. 알았어?"
"… 네."

"아, 맞다. 카르자야 형에 대해서인데….”

"네.”

"이제부터는 억지로 같이 놀지 않아도 돼. 나랑 같이 데이트나 하자!”

"어머, 정말요!?”

"그렇다니깐! 하하하.”

/

레타카 감옥, 여러 죄수들 사이에 제1 황위 계승자 올리노프 카르자야가 있었다. 이곳에 바로 나, 올리노프 페네시스가 당도했다.

"카르자야 형, 나야.”

"… 너냐. 페네시스.”

"원래는 형이란 말도 안 쓰려고 했는데 말이야.”

"꺼져. 네 얼굴 보고 싶지도 않아.”

땅만 지긋이 바라보는 카르자야 형이었다. 나는 좀 더 괴롭히기로 했다.

"나 이제 좀 있음 데이트하러 가. 누군지는 알겠지? 바로….”

그때, 카르자야 형이 쇠창살을 부여잡으며 외쳤다.

"야이 비겁한 새끼야!"

"나 간다?"

"페네시스, 아리의 얼굴을 보여다오! 그러면 만족하겠다!"

"아리엔느가 카르자야 형을 보고 싶어 할지 모르겠다. 에휴, 나 아리엔느 보러 나갈게!"

"야! 페네시스!"

/

레타카 거리, 나와 아리엔느는 마론과 함께 거리를 누비고 있었다. 마론이 변신술사라는 사실을 단숨에 꿰뚫은 아리엔느는 정말 대단하다. 내 어깨에 타고 있는 마론이 아리엔느에게 말했다.

"이봐, 아리엔느. 어떻게 내가 변신술사인 것을 안 거지? 신기한걸?"

"저에겐 탐색이라는 스킬이 있어요. 이 스킬만으로도 상대방의 정체, 사용하는 기술을 파악할 수 있어요."

"호오, 나도 배우고 싶은데…? 나중에 알려줄 수 있나?"

"그래요. 지금 알려드릴게요."

이때, 나도 끼어들었다.

"나도 배우고 싶다! 그런데 마나가 개방이 안 돼 있는데, 가능할까?"

"페네시스 오라버니는 아직 멀었어요. 후후."

"그, 그렇지…? 암, 그렇고 말고…."

어찌 됐든 마론과 아리엔느가 의식을 치렀다. 결과는 대성공! 마론 또한 탐색 스킬을 터득하였다. 아리엔느가 흡족한 미소를 띠었다. 아니, 잠깐만… 탐색을 가지고 있으면 내 스킬인 토끼의 귀와 매의 눈이 보일 것 아냐…! 이에 아리엔느와 마론이 한결같이 말했다.

"네, 보여요."
"보이는군."

나는 이 두 인원에게 내 스킬을 퍼뜨리지 말라고 내심 부탁했더니, 걱정 말라며 웃음 지었다. 마론이 어깨에 탄 채로 내게 물었다.

"그런데, 토끼의 귀와 매의 눈은 어떤 영향을 끼치는 거지? 조금 짐작은 가지만."
"토끼의 귀는 멀리 있는 사람의 말소리가 들리는 것이고, 매의 눈은 멀리 있는 사람을 볼 수 있어. 가끔은 적의 급소를 노릴 수 있게 유도시키기도 해."
"매의 눈이 전투 중일 때나 할 때 효과만점이겠군."
"그렇지."

우리 일행은 스파게티 집으로 찾아가 스파게티와 돈가스를 먹으며 사기를 충천하였다.

/

다카트 본거지, 회의장, 총대장으로 보이는 남자가 왕 자리에서 놀라며 소리쳤다.

"뭐라고, 펠리가 당해!? 으으, 펠리가…"

그리고 좌측에 있던 오브와 리스가 말했다.

"면목 없습니다만, 솔직히 다 된 밥이었습니다."
"오브님의 말이 맞습니다."

이에 총대장의 심기가 불편해졌다. 그는 여러모로 생각을 하더니 다카트의 전 부대에게 고했다.

"크흠, 녀석들이 레타카로 간 것도 사실일 테고, 당분간은 임무가 없을 것이다. 편하게 쉬어라. 단, 적의 움직임이 바뀐다면 그땐 기필코 황족을 붙잡아야 한다. 알겠느냐!"
"옛! 다카트! 만세!"

제국의 반역자 2

1판 1쇄 발행 2023년 6월 19일
지은이 샤이르(최승태)

교정 신선미 **편집** 윤혜원 **마케팅·지원** 김혜지
펴낸곳 (주)하움출판사 **펴낸이** 문현광

이메일 haum1000@naver.com **홈페이지** haum.kr
블로그 blog.naver.com/haum1000 **인스타** @haum1007

ISBN 979-11-6440-378-3(03810)

좋은 책을 만들겠습니다.
하움출판사는 독자 여러분의 의견에 항상 귀 기울이고 있습니다.
파본은 구입처에서 교환해 드립니다.